로크미디어가
유혹하는
재미있는 세상

ROK
MEDIA
로크미디어

만렙 닥터 리턴즈 17 완결

2023년 4월 17일 초판 1쇄 인쇄
2023년 4월 20일 초판 1쇄 발행

지은이 13월생
발행인 강준규

기획 이기헌 왕소현 박경무 강민구 조익현
책임편집 주현진
마케팅지원 이원선

발행처 (주)로크미디어
출판등록 2003년 3월 24일
주소 서울시 마포구 마포대로 45 일진빌딩 6층
Tel (02)3273-5135 Fax (02)3273-5134
홈페이지 rokmedia.com **E-mail** rokmedia@empas.com

© 13월생, 2022

값 9,000원

ISBN 979-11-408-0807-6 (17권)
ISBN 979-11-354-7400-2 04810 (세트)

ROK
MEDIA
롬미디어

만렙닥터

13월생 현대 판타지 장편소설 17 완결

리턴즈

Contents

크리스마스의 기적 (2)

은채 병실.

긴장성 기흉으로 고생했던 은채. 그 소식을 들은 황춘식이 은채의 병실을 찾아왔다.

"할아버지……."

"오냐오냐, 내 새끼! 그냥 누워 있어, 일어나지 말고."

야윈 은채의 모습을 본 황춘식.

은채가 몸을 일으켜 세우려고 하자, 황춘식이 황급히 달려 갔다.

"할아버지, 담배 끊었어요?"

폐렴에 긴장성 기흉까지. 모진 고생을 다한 녀석의 입에서 제일 먼저 튀어나온 말이었다.

"이놈아! 네 걱정이나 해. 곧 있으면 황천길 건널 내 걱정을 뭐 하러 해."

쭈글쭈글해진 황춘식의 눈 밑이 발갛게 물들어 있었다.

"황천길이 뭐예요? 오솔길, 골목길 이런 거예요?"

"홀홀홀, 그런 거 아니야. 나중에 죽으면 건너가는 길이란다."

세월의 흔적이 고스란히 남아 있는 나무거죽 같은 거친 황춘식의 손이 오르락내리락했다.

차마 고사리 같은 은채 손을 잡아 보지 못하는 황춘식이었다.

"아하! 그런 게 있어요? 그런데 왜 할아버지가 거길 가요? 나랑 실컷 놀다가 나중에 같이 가요. 그리고 내 손 잡으려면 잡아도 돼요. 친구 사이니까."

녀석이 눈치 하나는 어른 못지않았다.

"그, 그래. 내가 그래도 되겠니? 할아비 손, 너무 더러운 손인데."

"에이, 깨끗하기만 한데 뭘요? 잡아도 돼요."

"우리 은채, 고맙다!"

그제야 황춘식이 조심스럽게 은채의 손을 꼬옥 쥐었다.

"어? 할아버지 정말 담배 안 피우시나 보다! 손에서 냄새가 안 나네?"

"그럼, 할아비 담배 끊었다니까?"

쿵쿵쿵, 은채가 손바닥을 펼쳐 냄새를 맡아 보더니 해맑게 웃었다.

"그럼 할아버지 아 해 봐요! 아!"

"어휴, 진짜 할아비 입에선 똥구렁 내 나! 안 할란다."

"괜찮아요. 얼른 아! 해 봐요!"

"안 되는데, 아~."

황춘식이 쑥스러운 표정을 지으며 조심스럽게 입을 벌렸다.

"어? 진짜 담배 냄새 안 나네요?"

은채가 신기한 듯 눈을 깜박거렸다.

"진짜라니깐? 할아비 진짜 담배 끊었어. 진짜."

"헤헤, 우리 할아버지 말 잘 들었으니까, 내가 선물 줘야겠다!"

은채가 주섬주섬 주머니를 뒤져 막대 사탕 하나를 꺼내 황춘식에게 주었다.

"이거 딸기 맛 사탕이에요. 내가 제일 조……."

"이 할아비도 딸기 맛이 제일 좋단다. 앞으로는 나도 딸기 맛만 먹을 거야."

"정말요? 할아버지도 딸기 맛에 빠지셨구나?"

"그래그래. 참말로 달고 맛나더라. 딸기 맛!"

주르륵, 눈물이 떨어지지 않게 힘겹게 버티던 쭈글쭈글 탄력을 잃은 황춘식의 눈두덩이가 결국은 풀어지고 말았다.

"어휴, 할아버지 울보래요. 선물받으니까 그렇게 좋아요?"

"암만! 암만 좋고말고. 시상에 이것보다 맛난 것이 어디 있간디? 할아버지 좋아 죽겠다."

은채의 손을 잡고 있던 황춘식이 손등 위로 눈물이 떨어졌다.

"큭큭큭, 할아버지가 좋아하니까 저도 좋아요."

"은채야! 안 아파?"

황춘식이 행여나 닳을세라 은채의 손등을 조심스럽게 쓰다듬었다.

"나요?"

"응."

"나 원래 아파서 이 정도는 아무것도 아니에요. 훨씬 아팠던 적도 많았는걸요? 그치, 엄마? 나 한 개도 안 아파요. 할아버지!"

고개를 돌려 엄마를 쳐다보는 은채였다.

"그래, 괜찮고말고. 우리 은채는 씩씩하니까."

은채 엄마 역시 흘러내리는 눈물을 훔쳐 냈다.

"다행이다. 다행이야. 정말 다행이야. 할아비가 너무 놀라서 간 떨어지는 줄 알았어, 이 녀석아!"

"저 이젠 괜찮아요, 할아버지!"

"그래, 알았다! 할아비 엄마랑 잠깐만 얘기 좀 하고 싶은데, 괜찮겠니?"

"응······. 내 흉보면 안 돼요?"

"그럼, 그럼. 우리 착한 은채 흉을 할아비가 왜 봐? 걱정 마라."

"알았어요, 그럼."

"은채 엄마, 나 좀 잠시 봅시다."

"네, 어르신."

그렇게 황춘식과 은채 엄마가 병실 밖으로 나갔다.

❤

"은채가 많이 야위었군요."

황춘식이 눈물을 훔쳐 내며 물었다.

"네에. 병원에 오래 있다 보니 면역력이 떨어져서 이것저 것 잔병치레가 심합니다, 어르신."

"그래요. 은채 엄마가 많이 힘드시겠구려."

"아닙니다. 저야 상관없어요. 우리 은채가 걱정이죠."

은채 엄마가 손가락을 꼼지락거리며 황춘식의 눈치를 살 폈다.

"그래요. 은채 고 녀석, 같은 또래 녀석들보다 씩씩하고 용감하니까 꼭 이겨 낼 겁니다. 너무 걱정 말아요."

"네, 어르신! 실은 제가 어르신께 정말 송구스러운 부탁을 좀 드리려고 하는데……."

황춘식이 먼저 입을 열지 않자 은채 엄마가 힘겹게 입술을
뗐다.

"그렇지 않아도 나도 은채 엄마한테 할 말이 있었는데."

"네? 그러면 먼저 말씀하시죠."

할 말이 있다는 황춘식의 말에 은채 엄마의 표정에 기대감
이 잔뜩 담겨 있었다.

"아, 아니에요. 은채 엄마가 먼저 말씀해 보세요."

"아닙니다. 어르신 먼저 말씀하십시오. 괜찮습니다."

"그래요? 그럼 내가 먼저 말하리다. 내가 그동안 은채랑
지내면서 참말로 좋았습니다. 녀석이 워낙 밝고 명랑해서 저
도 좋은 기운을 받은 것 같아요."

"아휴, 그러셨다니 정말 다행이군요."

이제 황춘식이 어떤 사람인지 알고 있는 은채 엄마였기에
가슴이 두근거렸다.

"그래서 제가 조금이나마 은채한테 도움이 되고 싶어서 준
비한 거니까, 은채 엄마가 받아 주셨으면 좋겠소."

황춘식이 주머니에서 하얀 봉투 하나를 꺼내 은채 엄마에
게 건네주었다.

"이게 뭡니까?"

"돈입니다."

"어휴, 아닙니다. 이러시면 제가……."

"괜찮아요. 솔직히 젊어서부터 장돌뱅이 짓을 하면서 살아온 나요. 지금까지 벌어 놓은 돈도 없고, 가진 것도 없고 해서 그냥 성의껏 넣었으니까 부담 가질 것 없어요."

"어휴, 제가 이런 걸 받아도 되는지……."

은채 엄마가 난감한 듯 어쩔 줄 몰라 했다.

"괜찮아요. 넣어 두십시오. 그럼 전 이만 가 보도록 하겠습니다."

끄응, 황춘식이 양 무릎에 손을 얹고는 힘겹게 몸을 일으켜 세웠다.

"어르신! 평생 이 은혜는 잊지 않도록 하겠습니다. 감사합니다, 어르신!"

은채 엄마가 절뚝거리며 걸어가고 있는 황춘식의 뒤에 대고 반복해서 인사했다.

잠시 후.

'이, 이게 뭐야?'

은채 엄마가 황춘식이 준 봉투를 열어 보는 순간, 벌린 입을 다물 수가 없었다.

'내, 내가 지금 뭘 바랐던 거야? 미쳤어! 무슨 생각을 했냔 말이야.'

은채 엄마가 토마토처럼 붉어진 얼굴을 양손으로 부여잡았다.

황춘식이 은채 엄마에게 건네준 봉투 안에 들어 있었던 것.

거의 너덜거릴 정도로 낡은 지폐 한 장이었다. 1950년대에 한국은행에서 발행한 100환짜리 지폐였다.

'후우, 미친년! 염치도 없이 도대체 뭘 바랐던 거니? 생면부지 남한테??'

덜덜덜, 바닥에 떨어진 옛날 지폐를 주워 드는 은채 엄마의 손이 마구 떨렸다.

윤이나 교수 연구실.

은채의 상태는 점점 악화되고 있었고, 이제는 단순히 약물치료와 방사선치료만으로는 한계에 다다른 상황.

결국 수술 말고는 은채의 병을 근본적으로 해결할 수 없었다.

은채의 담당 주치의인 윤이나가 자신의 연구실에서 은채 엄마와 면담을 진행했다.

"교수님, 그, 그럼 전 어떻게 해야 하는 건가요?"

은채 엄마가 답답한 듯 아랫입술을 질끈 깨물었다.

"은채 상태가 너무 안 좋습니다. 저도 최선을 다했지만, 국내에서 할 수 있는 건 여기까지인 것 같아요."

"흑흑흑, 교수님이 그렇게 말씀하시면 전 어떡해요? 교수
님만 믿고 이 병원에 온 건데요?"

은채 엄마가 눈물을 쏟아 냈다. 단 하루도 눈물이 마를 날
이 없는 그녀였다.

"네, 죄송합니다. 저도 우리 은채 끝까지 책임지고 싶었지
만 제 능력이 모자란 것 같아요, 어머님! 이렇게밖에 말씀드
리지 못해서 정말 죄송해요!"

어느새 윤이나의 눈도 붉어져 있었다.

"수, 수술하면 안 되나요? 수술비는 제가 어떻게든 마련해
오겠습니다, 교수님!"

지푸라기라도 잡는 심정이었으리라. 은채 엄마가 오열하
며 윤이나에게 매달렸다.

지금으로선 그 방법 말고는 아무것도 없었을 테니까.

"어머님, 솔직히 말씀드릴게요. 수술은 분명히 가능해요.
하지만 수술이 성공할 확률보다 실패할 확률이 훨씬 더 커
요. 전 우리 은채를 대상으로 실험을 하고 싶지 않아요, 어
머님!"

자신의 무능을 환자 보호자 앞에서 적나라하게 드러내는
건, 의사로서 쉽지 않은 일이었다.

하지만 윤이나는 자신의 능력을 정확히 알고 있었고, 이
수술은 자신의 힘으로 할 수 없는 수술이라는 걸 객관적으로
판단하고 있었다.

"괜찮아요! 교수님이 수술을 해 주시기만 한다면, 설사 우리 은채가 잘못된다고 할지라도 저 후회 안 해요! 해 주세요, 수술! 제발!"

은채 엄마가 윤이나의 손을 붙잡고 애원하고 또 애원했다.

"그렇게 간단하게 결정할 일은 아니에요. 정말, 이 수술 허락하실 수 있으시겠어요?"

"물론이에요. 어차피 우리 은채 이대로 놔뒀다가는 제 명까지 못 사는 건 마찬가지잖아요! 그럴 바엔 원이라도 없게 수술을 받아 보고 싶습니다."

"어머니, 다시 한번 말씀드리지만, 결코 쉬운 수술이 아니…….."

"혹시 돈 문제 때문이십니까? 그런 거라면 아무 걱정 마세요. 제가 어떻게든 수술비는 마련토록 하겠어요. 그러니 제발 우리 은채를 포기하지 말아 주세요. 교수님마저 우리 은채 버리면……."

흑흑흑흑, 은채 엄마가 또다시 눈물을 쏟아 내며 울었다.

"그런 거 아니에요, 어머니! 네, 알겠어요. 일단 제가 의료진과 다시 한번 상의를 해 보겠습니다. 그러니까 그만 고정하시죠."

윤이나가 안타까운 듯, 바닥에 쓰러져 통곡하는 은채 엄마를 부축해 일으켜 세웠다.

"고맙습니다, 교수님! 이 은혜는 절대로 잊지 않을게요!"

은채 엄마가 몇 번이고 윤이나를 향해 고개를 숙였다.

♥

그날 밤, 김윤찬의 아파트.

늦은 시간까지 잠을 이루지 못하는 윤이나. 밤새도록 뒤척이던 그녀는 베란다로 나와 창밖을 응시하고 있었다.

"당신, 걱정이 많구나."

김윤찬이 밖으로 나와 그녀의 어깨를 감싸 안았다.

"안 잤어요?"

"당신이 못 자는데 내가 어떻게 자? 은채 수술 때문이지?"

"응. 나 솔직히 자신 없어, 윤찬 씨."

걱정보다는 두려움이 가득 배어 있는 윤이나의 눈동자였다.

"음, 그렇다고 이렇게 걱정만 할 순 없는 거잖아. 힘든 일이겠지만, 은채와 똑같은 병을 앓고 있는 아이들을 위해서라도 당신이 이번 수술을 경험해야지."

"그렇긴 한데, 너무 불안해. 그리고 아직은 집도의 자리에 설 상황이 아니거든. 좀 더 배우고 난 후에 집도해야 하는 수술이야. 은채가 내 실력을 업그레이드하는 대상이 되어선 안 된다고 생각해."

"당신 마음은 충분히 이해해. 하지만 어쩔 수 없는 상황이 잖아."

"그러게. 아, 그리고 황춘식이라는 분, 도대체 어떻게 된 거야? 당신 말로는 돈이 엄청나게 많다고 했잖아. 그런데 은채 엄마한테 옛날 지폐 한 장 던져 주고 가셨다던데?"

"……."

"괜히 은채 엄마한테 쓸데없는 희망을 준 게 아닌가 싶어, 난. 역시 돈 많은 사람들은 믿을 수 있는 사람들이 아닌가 봐. 그분은 좀 다를 줄 알았는데."

"음, 무슨 생각이 있으시겠지. 당신이 생각하는 것과는 다 른 분이셔, 그분."

"후우, 모르겠네. 뭔가 도움을 주시려면 벌써 주시지 않았 을까?"

드르륵, 윤이나가 베란다 문을 열고는 근심 어린 표정으로 하늘을 올려다보았다.

'일기예보에서 내일 비 온다고 하던데…….'

♡

다음 날 아침, 황춘식 병실.
"박 실장, 오늘 당장 애들 들어오라고 해."

"네, 회장님!"

연희병원에 입원한 이후, 단 한 번도 자식들을 자신의 병실로 호출한 적이 없는 황춘식이었다.

황춘식의 갑작스러운 호출에 큰아들 황재현을 비롯해 황도현, 황미연과 그녀의 남편 양민구까지 한걸음에 황춘식의 병실로 달려왔다.

"아버지, 무슨 일이십니까?"

황재현이 숨을 헐떡거리며 황춘식에게 다가갔다. 둘째 황도현과 막내 황미연도 뒤따라 달려왔다.

"애비 안 죽었다. 호들갑 떨지 마라."

그런 자식들의 모습을 못마땅한 눈초리로 노려보는 황춘식이었다.

"아니, 갑자기 이렇게 들어오라고 하시니까 그렇죠. 얼마나 놀랐는데요! 정말 괜찮으세요, 아버지?"

황재현이 황춘식의 안색을 살폈다.

"왜? 네 애비가 너한테 유산도 안 물려주고 황천길 건널까 봐 걱정이냐? 그런 걱정일랑은 하지도 마라, 네 애비 멀쩡하니까."

흠흠흠, 황춘식이 신경질적으로 눈썹을 꿈틀거렸다.

"아버지, 너무하시네요. 그런 말씀이 어디 있습니까? 진짜 무슨 일이라도 생긴 줄 알고 얼마나 걱정했는데요!"

여전히 황춘식의 안색을 살피며 눈치를 보는 황도현이었
다.

"흠, 일이야 있었지. 암, 중요한 일이 있었고말고."

"네? 아빠, 그게 무슨 말씀이세요? 중요한 일이라니요?"

막내딸 황미연이 깜짝 놀란 표정을 지었다.

"그렇게 유난 떨 것 없대두?"

"아빠! 답답하게 왜 말을 그렇게 빙빙 돌리세요? 무슨 일
인데요? 얼른 좀 말씀해 보세요."

황미연이 답답한 듯 황춘식에게 매달렸다.

"그래요. 저희도 궁금해서 죽겠어요. 박 실장 연락받고 하
던 일도 다 홀딩하고 왔으니까요."

황재현, 황도현이 질세라 침대에 가까이 몸을 붙이며 말했
다.

"이 애비 아직 멀쩡하니까. 아직도 20년은 더 살면서 너네
애간장 바짝바짝 태울 거니까 걱정 말거라."

'물론 하루라도 빨리 저세상 가라고 고사 지내고 있겠지
만.'

에헴, 황춘식이 한쪽 입꼬리를 치켜올렸다.

"아버지! 진짜 왜 그러시는 거예요? 저희도 사람입니다."

"누가 너희보고 짐승이라고 손가락질하드나?"

"네. 진짜 해도 해도 너무하세요. 아버지가 자꾸 이러시니
까 다들 밖에서 손가락질하는 것 아닙니까? 왕자의 난이니

뭐니 하면서요. 저희는 솔직히 너무 억울합니다. 그저 자식 된 도리를 다하려고 했던 것뿐인데."

둘째 황도현이 못마땅한 듯 푸념을 늘어 놓았다.

"자식 된 도리? 어이가 없구나. 그렇게 애비를 생각하는 놈들이 내가 이 병원에 입원했을 때 그렇게 장 박사를 찾아가고, 김 교수를 괴롭혀? 내가 어디 몹쓸 병이라도 걸리길 바랐던 거 아니냐?"

"……."

황춘식이 매섭게 노려보자 자식들이 그의 시선을 피하기 바빴다.

"그리고 왕자는 무슨 개뿔! 우리 집안은 네 할아버지의 할아버지 시절부터 남의 집 머슴살이하던 집안이야. 그런데 무슨 얼어 죽을 왕자 타령이야?"

"아버지! 그놈의 머슴 타령 좀 그만하세요. 지금이 어느 시대인데 그런 말씀을 하십니까?"

"됐고! 오늘 다 모였으니, 내가 너희한테 아주 중요한 일을 맡기려고 하니까, 내 말 똑바로 잘 들어라."

황춘식이 정색을 한 채 자세를 바로잡자, 자식들의 얼굴에 긴장한 기색이 역력했다.

"다들 표정이 왜들 그래? 도살장에 끌려가는 돼지 새끼들처럼?"

황춘식이 자식들의 얼굴을 주욱 훑어 내렸다.

"그거야 뭐, 아버지가 그렇게 정색하시니까 그렇죠. 무슨 말씀이신데 이렇게 뜸을 들이세요? 얼른 말씀해 보세요."

애가 닳는지 황재현이 입술을 침을 둘렀다.

"그래, 말하마. 니덜, 내가 70 평생 동안 가장 아껴 왔던 것이 뭔지 아느냐?"

"음, 글쎄요. 그거야 당연히 저축은행 아니겠습니까? 지금까지 아버지가 심혈을 기울여 키워 오셨던."

제일 먼저 황재현이 입을 열었다.

"틀렸다, 이놈아."

"뭐지? 아빠가 가장 아끼는 거라……. 아! 맞다! 당연히 우리죠. 아빠가 가장 아끼는 딸, 저요."

"꿈도 참 야무지구나. 무자식이 상팔자라라는 옛말이 하나도 틀린 것이 없다. 기껏 낳아서 키워 놨더니, 형제들끼리 이 생난리를 치는데 내가 가장 아끼는 것들이 너희라고? 아나 떡이다!"

"그럼 뭘 말씀하시는 건가요? 어디 금괴라도 묻어 두신 겁니까?"

황도현이 짜증 섞인 어투로 따져 물었다.

"1953년 한국은행에서 발행한 100환짜리 지폐 한 장! 그기가 내가 가장 아끼는 내 소중한 보물이다!"

"네?? 100환짜리 지폐요? 옛날 돈을 말씀하시는 건가요?"

황재현이 어리둥절한 표정을 지었다.

"그래. 내가 똥지게를 지고 개같이 벌어서 번 돈 100환! 그 낡아 빠진 지폐가 나한테는 참말로 소중해."

"하아, 도대체 무슨 말씀을 하시는 건지……. 갑자기 그 지폐 얘기를 왜 꺼내시는 건지 모르겠네요."

"됐고! 그런데 그 지폐가 지금 내 손에 없다. 아니, 내가 누구한테 그 지폐를 줬어."

"네? 그건 또 무슨 말씀입니까? 아버지가 가장 아끼는 걸 주셨다고요?"

황재현이 황당하다는 표정을 지었다.

"그래. 아무튼 지금 그 지폐가 나한테 없으니 다시 찾아오거라."

"하아, 미치겠네요? 장인어른! 그게 무슨 말씀입니까?? 누가 그 지폐를 훔쳐 가기라도 했다는 건가요?"

변호사로 재직 중인 황미연의 남편, 양민구가 입을 열었다.

"훔쳐 가긴 누가 훔쳐 가? 방금 내가 줬다는 말 못 들었어?"

"아, 네."

"그러니까 너희가 그 지폐를 찾아오거라. 그 지폐 가격은 5억부터 시작한다! 가장 높은 가격을 치르고 가져오는 놈한테, 은행을 비롯한 상호신용금고를 물려주도록 하겠다."

"네? 옛날 지폐 한 장을 5억 원에 다시 사 오라고요?"

황도현이 눈을 깜박거렸다.

"5억이 아니라 500억을 주더라도 바꿀 수 없는 소중한 물건이야! 그러니까 찾아와! 알았어?"

"후우, 저, 정말 그 지폐만 찾아오면 은행과 상호신용금고 물려주시는 겁니까?"

황재현이 눈을 빛내며 황춘식을 응시했다.

"내가 언제 한 입으로 두말하든? 반드시 찾아오거라. 하지만 거래를 해야지, 폭력이나 불법적인 방법을 동원하면 너희는 그대로 파이야."

"네? 아, 알겠습니다."

뭔지는 정확히 모르겠지만, 분명 황춘식이 흰소리를 할 사람이 아니라는 걸 잘 알기에 그대로 따를 수밖에 없는 자식들이었다.

"명심해! 금액은 5억 원부터 시작하는 거야. 어떻게든 가장 많은 돈을 주고 그 지폐를 찾아오거라! 그 지폐를 찾아서 내 앞에 가지고 오는 놈이 모든 것을 가져갈 수 있을 거야."

"……."

꿀꺽, 긴장했는지 황춘식의 자식들이 마른침을 삼켜 넘겼다.

황춘식의 뜻밖의 제안에 여전히 어리둥절한 표정을 지우지 못하는 자식들이었다.

김윤찬 교수 집무실.

"껄껄. 내 자식 놈들이 그토록 열심히 일하는 건 태어나서 처음 봅니다. 김윤찬 교수! 이놈들이 그 지폐를 차지하려고 무려 50억이란 돈을 배팅들 합디다!"

"그렇습니까? 잘되었군요."

"그래요. 우리 은채한테 정말 잘된 일이지요. 그 돈이면 미국에 가서 병을 고칠 수 있는 겁니까?"

"네. 장담할 순 없지만, 확률은 확실히 높을 것 같군요. 우리나라 의술도 세계적인 수준이긴 하지만, 아무래도 희귀병 분야는 미국을 따라가긴 역부족이니까요."

"그래요. 이 정도면 우리 은채, 수술하고 나중에 학비랑, 결혼 자금으로도 충분할까요? 내가 좀 더 보태야 하는 거 아닙니까?"

"충분할 겁니다. 게다가 더 이상 은채 엄마한테 빚을 지우지 마세요. 그게 좋을 것 같습니다."

"아무래도 그래야겠지요?"

"네. 그러시는 것이 좋을 것 같군요."

"알겠습니다. 그나저나 자식 놈들을 움직일 생각을 어떻게 하신 겁니까? 이놈들 아주 이번에 똥줄이 빠졌을 거요. 행여나 내 재산 남한테 물려줄까 전전긍긍하면서."

황춘식이 궁금한 듯 물었다.

"네, 바로 그 부분입니다. 이번 기회에 자제분들도 뼈저리게 느꼈을 거예요. 어르신께서 호락호락 재산을 물려주지 않으시리라는걸요."

"하하하, 그러니까 이놈들한테 야코를 한번 세게 주자? 뭐, 그런 겁니까?"

"네. 게다가 어르신이 직접 나서셨다면, 은채 엄마도 부담스러워 했을 겁니다. 어쩌면 너무 많은 돈이라 받지 못했을 수도 있고요."

"그러네. 우리 김 교수가 현자야, 현자! 자식 놈들한테 경고장 한번 세게 날려 주고, 우리 은채도 살리고. 안 그렇습니까?"

하하하, 황춘식이 목젖이 보이도록 환하게 웃었다.

"결과론적으로 그렇게 된 듯하네요. 아무튼 고생하셨습니다, 어르신!"

"고생은 무신? 이런 고생이라면 백 번, 천 번도 해야지, 암! 아무튼 자식 놈들한테 일러뒀습니다. 올해 크리스마스까지 반드시 그 지폐를 찾아오라고. 그러면 우리 은채가 살 수 있겠지요."

에헴, 황춘식이 자신의 턱수염을 쓸어 올렸다.

"후후후, 역시 어르신다우신 생각이십니다."

"그럼, 그럼, 내 자식 놈들은 내가 잘 압니다. 바짝바짝 태워 놔야 딴생각을 못 해요. 아무튼 우리 김 교수 덕분에 두 발 쭉 벋고 잘 수 있겠어요."

"그나저나 궁금한 게 있는데, 그 50년대 지폐 말입니다. 그거 진짜 어르신이 처음으로 번 돈입니까?"

"홀홀홀, 그럴 리가? 나 어릴 때 그런 돈 있으면 보리 닷 되라도 사서 끼니를 때우지, 지금까지 가지고 있겠소?"

"그러면요? 그 돈은 어떻게 된 겁니까?"

"흐흐흐, 저기 인사동 가서 사 왔어요. 단돈 5만 원 주고."

"아……. 그러셨군요."

"그래요, 그래. 단돈 5만 원이 50억이 돼서 나한테 돌아왔네요??"

황춘식이 낡은 지폐를 만지작거리며 입가에 미소를 띠었다.

"그러셨군요. 결국 이 돈이 은채를 살렸어요."

"암만! 50억 아니라 5백억인들 아깝지 않은 돈이지. 이제는 정말 이 돈이 나한테 가장 소중한 보물이 될 것 같소."

"그러네요, 정말! 그나저나 어르신, 그러면 어르신도 이제는 퇴원하셔야죠?"

"그래야겠지요?? 우리 은채 얼굴 한 번만 보고 퇴원하리다. 은채 내 방에 초대해도 되겠지요? 우리 은채 좋아하는 거 잔뜩 사다 놨는데, 이대로 버릴 수는 없잖소?"

황춘식의 눈가가 촉촉이 젖어 있었다.

"물론이죠. 그렇게 하십시오."

"고맙소. 정말 고맙소, 김 교수!"

황춘식이 부여잡은 김윤찬의 손등에 그의 뜨거운 눈물이 떨어졌다.

며칠 후, 황춘식의 병실.

단 하루. 빨주노초파남보 화려하게 꾸민 황춘식의 병실에서 은채와 황춘식 두 사람만의 은밀한 데이트가 이뤄졌다.

이 두 사람 사이에는 나이도 시대도 아무런 상관이 없었다.

생크림이 잔뜩 묻은 황춘식의 얼굴은 그 어느 때보다 해맑고 행복해 보였고, 고깔모자를 눌러쓴 은채 역시 너무도 천진난만하고 행복해 보였다.

어느 누구도 두 사람의 우정을 갈라놓을 수는 없는 듯했다.

"이 녀석아! 할애비가 절대로 안 봐준다?"

"그럼요! 저도 절대로 안 봐줄 거예요!"

게임기를 가지고 신나게 놀고 있는 두 사람. 70 평생, 가장 행복한 순간을 보내고 있는 황춘식이었다.

김윤찬의 아파트.

김윤찬의 아이디어와 황춘식의 현명한 선택이 어우러져, 은채는 미국으로 건너가 치료를 받을 수 있는 여건이 마련되었다.

"윤찬 씨, 나랑 차 한잔 할까?"

윤이나가 쟁판에 차를 받쳐 들고 책을 보고 있는 김윤찬의 서재를 찾아왔다.

"좋지! 그렇지 않아도 오늘 정리할 게 많아서 커피 한 잔이 간절했는데, 잘됐네?"

"그래요? 내가 때마침 잘 왔네?"

윤이나가 김이 모락모락 나는 아메리카노를 김윤찬 앞에 내려놓았다.

"캬! 향 좋네? 이거 볼티모어에서 가지고 온 거라고 했지?"

후릅, 김윤찬이 향을 음미하며 커피 한 모금을 베어 물었다.

"응, 맞아. 한국에 들어올 때, 꽤 많이 가지고 들어온 것 같은데, 이제 별로 안 남았네?"

"그래? 한국에는 안 파나?"

"응, 한국에서는 안 파는 원두야. 그래서 말인데요."

"응, 말해."

"나 아무래도 볼티모어로 다시 건너가야 할까 봐."

윤이나가 머그 컵을 들고는 조금은 걱정스러운 표정으로 김윤찬을 바라봤다.

3308 박금동

"볼티모어에 가서 커피 사 오게?"

김윤찬은 윤이나가 무슨 생각을 하고 있는지 직감적으로 알 수 있었다.

최근 은채에 관해 많은 고심을 하던 그녀.

남편인 김윤찬이 이를 모를 리 없었다.

"응. 거기 커피 맛이 입에 배서 그런가? 아무래도 사 와야 겠어요."

윤이나가 김윤찬을 보며 빙그레 웃었다.

"그래, 다녀와요. 나도 당신 덕분에 그 커피 맛에 길들여 져서 그런가, 다른 커피는 맛이 없더라고."

김윤찬 역시 윤이나를 보며 미소 지었다.

"정말? 진짜 괜찮겠어요?"

"큭큭큭, 당연히 안 괜찮지. 오랫동안 사랑하는 와이프와 생이별을 해 놓고 또다시 떨어져 지내야 하는데, 괜찮을 리가 있나?"

"응, 미안해요. 나도 지후보다 당신이 더 맘에 걸렸어요. 그런데 자꾸 은채가 눈앞에 어른거려 어쩔 수 없었어요. 정말 미안해요, 윤찬 씨!"

윤이나가 슬픈 표정을 지었다.

"하하하, 괜찮아. 은채에 대해서 가장 잘 아는 의사는 당신이잖아. 당신이 은채랑 같이 건너가면 수술이 훨씬 쉬워질 거야."

"당신이 이해해 줄 거라 생각하긴 했는데, 이렇게 너무 쿨하니까 조금 실망스러워지네?"

부드럽게 김윤찬의 어깨를 감싸는 그녀.

자신의 마음을 단번에 알아준 남편이 너무나 고마운 윤이나였다.

"하하하, 그럼 내가 가지 말자고 하면 안 갈 건가? 난 당신이 너무 자랑스러워. 사실 은채 때문에 나도 걱정이 많았거든. 아무리 존스홉킨스라고 해도 수술에 성공한다는 보장은 없는 거고. 게다가 그 어린애가 미국에서 버텨 낸다는 것도 사실 걱정이었거든."

"고마워요, 정말!"

자신을 이해해 주는 김윤찬이 너무나 사랑스러운 윤이나였다.

"고맙긴, 당신 마음이 더 고마워. 그나저나 우리 지후는 어쩌지?"

"괜찮아. 당분간 엄마가 봐주시기로 했어요."

"아이구, 미국에 있는 동안도 고생하셨는데, 또 신세를 져야겠네."

"뭐야? 가족끼리 그런 게 어딨어요? 우리 엄마 들으면 실망해, 그런 말 마. 아마 일주일에 두세 번은 들르셔서 큰 애기도 봐주실 거야."

"큰 애기?"

"큭큭큭, 당신 말이야."

"와……. 이거 선 넘네?"

"됐어요. 까다로운 당신 입맛을 누가 맞춰? 게다가 엔간히 깔끔을 떠셔야지. 우리 엄마 아니면 당신 거둬 줄 사람 없거든요?"

"뭐야?"

"호호호, 아무튼 내 마음 이해해 줘서 너무 고맙고 감사해. 은채, 반드시 올해 크리스마스 때까지 건강 되찾게 해 줄게요."

"그러네. 당신이 그렇게 결정할 줄 알았어. 대신 가서 커피도 왕창 사 와야 해? 거기 털북숭이 조 아저씨도 보고 싶긴 해. 볼티모어 가면 꼭 안부 전해 줘."

"그럼, 그럼. 조 아저씨도 엄청 좋아할 거야. 당신, 너무너무 사랑해요."

윤이나가 김윤찬의 볼에 뽀뽀를 했다.

그렇게 윤이나는 은채와 함께 존스홉킨스로 넘어가기로 결심했다.

한 달 후, 김윤찬 교수 연구실.

김윤찬에 호출에 불려 온 진순남.

뭔가를 잘못했는지 고개를 숙인 채 풀 죽어 있는 모습이었다.

"진순남 선생, 지금 뭐 하자는 거지?"

"죄송합니다, 교수님."

"아니아니, 내가 그따위 소리를 듣자고 이 귀한 시간에 자네를 부른 것이 아니잖아?"

"차트가 바뀐 줄 몰랐습니다. 정말 죄송합니다."

"이 사람아! 지금 그걸 말이라고 하는 거야? 지상규 환자와 조규민 환자는 앓고 있는 병 자체가 달라. 그게 무슨 의미인지 모른단 말이야?"

"죄송합니다. 제 불찰입니다. 모든 책임은 제가 지도

록……."

"건방 떨지 마! 자네가 무슨 책임을 질 수 있다고 생각하나? 책임이라는 건 그만한 자격이 있을 때 가능한 거야. 진순남 선생은 환자를 치료할 자격이 없어. 고로 질 책임도 없단 말이다!"

최근 들어 이토록 화를 낸 적이 있었던가 싶은 김윤찬이었다.

"죄, 죄송합니다."

진순남이 토마토처럼 붉어진 얼굴로 김윤찬의 눈조차 맞추지 못했다.

"장영은 선생이 눈치채지 못했다면, 엄청난 의료사고가 될 뻔했어. 지금 당장 보호자분들 찾아뵙고 용서를 빌어라. 그분들이 용서해 주신다면 다시 근무하는 거고, 그렇지 않는다면 넌 아무것도 할 수 없을 거야. 그건 의사 자격이 없다는 걸 의미하는 거니까."

"네, 알겠습니다."

"꼴도 보기 싫으니까, 당장 내 눈앞에서 사라져."

휙, 김윤찬이 냉정하게 의자를 돌려 앉았다.

다음 날.

진순남은 장영은과 함께 양쪽 환자 보호자들을 만나 전후 사정을 설명했다.

"괘안습니더. 사람이 살다 보면 이런저런 실수도 하는 거라예. 의사 선생님은 사람 아잉교?"

"죄송합니다. 정말 죄송합니다."

진순남이 환자 보호자들을 향해 고개를 숙이고 또 숙였다.

"아이고, 괜안아요. 자꾸 이러시면 지가 민망해서 못 살아예. 안 그래도 어젯밤에 김윤찬 교수님이 오셔가 손이 발이 되도록 빌었다 아임니꺼."

"기, 김윤찬 교수님이요?"

"그라예. 이 모든 책임은 당신이 지겠다고 하시면서, 이것저것 편의를 봐주셨어예. 오히려 좋은 병실로 옮기고 우리는 더 좋아졌심더. 그러니까 자꾸 그라지 마예. 억수로 민망하구로."

"……."

"사람은 다 실수하는 거라예. 다음부터는 조심하면 됩니더."

"네. 용서해 주셔서 감사합니다. 오늘부터는 저 말고 다른 선생님이 담당으로……."

"아입니더, 아입니더! 우리 집 바깥양반이 진 선생님을 얼매나 좋아하는데예. 그냥 쭈욱 진 선생님이 맡아 주이소. 부탁이라예."

"어머님!"

"괜안십니더. 지도 진 선생님이 참말로 좋습니더. 그러니까네. 우리 준이 아부지 계속 치료해 주이소."

"호호호, 맞아요! 이번 일을 계기로 진순남 선생이 더욱더 열심히 치료해 드릴 겁니다. 뭐 해, 진 선생! 얼른 그렇다고 말씀드려!"

장영은이 진순남의 옆구리를 쿡쿡 찔렀다.

"아, 네. 어머님, 다음부터는 이런 일 절대 없도록 주의하겠습니다."

"하모요. 한 번 실수는 그렇다 쳐도 같은 실수를 두 번 반복하믄 그건 파인기라요. 그러니 앞으로 우리 준이 아부지 잘 부탁합니데이!"

환자 보호자가 진순남의 두 손을 따뜻하게 잡아 주었다.

"네. 어머님! 다신 그런 실수 하지 않겠습니다."

♥

잠시 후, 김윤찬 교수 연구실.

환자 보호자들께 용서를 구한 후, 장영은이 김윤찬의 호출을 받고 그의 연구실로 찾아왔다.

"교수님, 부르셨습니까?"

"그래. 일은 잘 마무리되었다고?"

"네. 사실 차트가 뒤엉킨 건 사실이지만, 담당 간호사의 실수지, 진순남 선생의 잘못은 아니었습니다."

"그게 말이 된다고 생각해, 장영은 선생? 지금 감쌀 사람을 감싸라고. 의사가 환자 차트를 확인도 안 하고 치료한다고? 장난하나?"

"죄송합니다. 저는 그런 뜻이 아니라. 워낙 업무가 과중하다 보니까……. 사실, 흉부외과 인력이 너무 부족합니다. 일주일 내내 잠도 못 자고 일하다 보면…….."

"애초에 그 정도 각오도 없이 우리 과에 지원한 건가?"

"아닙니다. 죄송합니다."

김윤찬의 추상같은 호통 소리에 찍소리도 못 하는 장영은이었다.

"다들 이상한 꿈을 꾸고 있나 본데. 여긴 지옥이야. 젖과 꿀이 흐르는 천당이 바로 옆에 있다고 닿을 수 있는 것이 아니라는 걸 알아야지. 혹시나 그런 망상에 사로잡혀 있다면 지금이라도 늦지 않았으니까 관두도록 해."

"죄송합니다. 제가 잠시 생각이 짧았습니다."

"나도 힘든 거 알아. 그렇지만 우리가 아니면 이 일을 할 사람이 없어? 애초에 돈, 명예 뭐 이런 걸 머리에 두고 있다면, 지금이라도 당장 깨끗이 비워 버리는 게 좋을 거야. 알았나?"

"네, 알겠습니다."

"그나저나 그 영특한 진순남 선생이 왜 이런 거야? 이런 실수를 한 적이 없잖아?"

김윤찬이 답답한 듯 관자놀이를 꾹꾹 짚었다.

"그러게 말입니다. 요즘 무슨 근심이 있는지 식사도 제대로 못 하고, 가끔 의국에서 멍하니 한숨만 내쉬더라고요. 일이 힘들어 그런 줄 알았는데, 아닌 것 같습니다."

"순남이가?"

그럴 리가 없지 않은가. 그토록 간절히 원하는 의사가 된 그.

의대 6년, 인턴 1년을 거치면서 단 한 번도 실수라는 걸 해 본 적 없는 진순남이었다.

누구보다 사명감이 뛰어났으며, 항상 노력하고 연구하는 자세 또한 모범적이었다.

게다가 실력까지 겸비해 포스트 김윤찬이라고 불리는 유망주 아니었던가?

그런 그가 요즘에는 나사라도 하나 풀린 듯 흐느적거리고 있었다.

분명 진순남의 신변에 문제가 생긴 것이 틀림없었다.

"네. 아무래도 무슨 일이 있는 것 같은데, 영 아무 말도 안 하네요."

장영은 역시, 김순남에게 무슨 일이 있었을 거라고 추측하는 모양이었다.

"그렇다고 해서, 공과 사를 구분 못 하면 안 되지. 우린 환자의 생과 연관된 일을 하는 의사야. 사적인 일이 의사로서의 공적인 일에 영향을 미친다는 건 말도 안 돼. 일단 장영은 선생이 확인해 보고, 문제가 심각하다면 업무에서 배제시키는 것이 좋겠어."

일에 관한 한 냉정하도록 차가운 김윤찬이었다.

"네. 교수님! 그러면 제가 일단 먼저 순남이 만나서 확인부터 해 보겠습니다."

"그래. 그렇게 하도록 해."

'하아, 순남아, 대체 무슨 일인 것이냐?'

장영은이 밖으로 나가자, 김윤찬이 근심 어린 눈빛으로 한숨을 내쉬었다.

흉부외과 병동, 하늘공원.

장영은이 진순남을 데리고 하늘공원으로 올라왔다.

"순남아, 마셔."

장영은이 진순남에게 아메리카노를 내밀었다.

"감사합니다."

"많이 피곤해 보인다? 요즘 힘드니?"

장영은이 진순남을 힐끗거리며 그의 표정을 살폈다.

"아니에요. 저만 힘든 것도 아니고, 뭐, 힘든 건 언제나 마찬가지죠."

"그래. 가뜩이나 이번 달엔 응급 환자도 많아서 여러모로 힘들었을 거야. 그런데 어쩌겠니? 우리가 이런 힘든 일을 선택한 건데."

"네, 죄송합니다. 가뜩이나 정신없는데, 저 때문에 신경 쓰이게 해서요."

진순남이 힘없이 커피를 한 모금 마셨다.

"잘 아네? 진짜 너 때문에 요즘 이 누나가 힘들어 죽겠거든? 이쯤 되면 무슨 일이 있는지 살짝 귀띔이라도 해 줘야 하는 거 아냐?"

툭, 장영은이 장난스럽게 팔꿈치로 그의 옆구리를 찔렀다.

"아니에요, 아무것도."

"네 얼굴에 다 써 있거든? 넌 너무 솔직한 얼굴이라 티 다 나. 티가 나도 너무너무 나니까, 말해 봐. 무슨 일이 있었던 건지."

"아니에요! 아무 일도 없습니다! 제가 요즘 너무 힘들어서 일이 잘 감당이 안 되나 봐요. 후우, 하지만 앞으로는 절대 심려 끼치지 않게 하겠습니다. 최선을 다할게요."

"진순남! 버티지 마. 힘들 땐 힘들다고 하는 거야. 그래야 다음이 있어. 무슨 일인지 모르겠지만, 털어 낼 건 털어 내야지. 그래야 다시 담지. 안 그래?"

"네, 고맙습니다."

진순남이 입가에 희미한 미소를 띠었다.

"그래. 말하기 싫은 것 같으니까 더 이상은 묻지 않을게. 아무튼 우리 순남이는 씩씩하니까 빨리 털어 내길 바라. 내려가자. 또 일해야지?"

"네, 선배님! 신경 써 주셔서 감사합니다. 다신 이런 실수 하지 않겠습니다."

"그래야지. 우린 실수라는 걸 해서는 안 돼. 우리가 하는 실수는 실수가 아니거든. 실수는 곧 치명상이라는 걸 머릿속에 새겨 두도록 해."

"네, 명심하겠습니다."

각오를 다지면서도 표정의 그늘을 걷어 내지 못하는 진순남.

그토록 친하게 지내던 장영은에게도 털어놓지 못할 뭔가가 있는 것이 틀림없었다.

며칠 후, 4층 흉부외과 병동 복도.

"네, 변호사님. 그러면 제가 어떻게 해야 하는 건가요?"

―······.

"네, 알겠습니다. 일단 구속영장이 발부되기 전에 손을 써야 한다는 거죠?"

―…….

"네네, 알겠습니다! 근데 이거 하나만큼은 확신합니다. 절대로, 절대로 우리 금동이가 그럴 리가 없습니다. 제발 잘 좀 부탁드립니다, 변호사님!"

―…….

복도 끝, 한적한 곳에서 진순남이 심각한 표정으로 누군가와 통화를 하고 있었다.

"진 선생! 나 좀 보자."

진순남의 통화를 듣고 있던 김윤찬. 그는 전화가 끝나자마자 심각한 표정으로 진순남을 향해 손짓했다.

"너, 지금 누구랑 통화한 거니?"

진순남이 누군가와 통화하는 장면을 지켜보고 있던 김윤찬.

그가 다가와 턱짓으로 진순남이 들고 있던 핸드폰을 가리켰다.

"네? 아무것도 아닙니다."

그러자 진순남이 정색하며 자신의 핸드폰을 뒤로 감추었다.

"아무것도 아닌데, 뭘 그렇게 숨겨?"

"아, 아닙니다. 교수님."

"너 지금 얼굴에 다 써 있거든? 빨리 대답해라. 지금 누구랑 통화한 거냐고 묻잖아. 얼핏 들어 보니까 변호사라고 하던데?"

김윤찬이 매섭게 진순남을 노려봤다.

"아, 진짜 아무것도 아닙니다. 교수님!"

"아무것도 아니니까 털어놓으면 되겠네. 네가 변호사와 통화할 이유가 뭐야?"

"그, 그게 교수님, 그게……."

당황한 진순남이 말끝을 흐렸다.

"너 계속 이런 식으로 나올래? 지금 네 흔들리는 눈동자가 모든 것을 말해 주고 있어. 빨리 말해, 내가 핸드폰 뺏어서 재다이얼 눌러 보기 전에."

이대로 모른 척 그냥 넘어갈 김윤찬이 아니었다.

"그, 그게. 사실은……."

김윤찬의 다그침에 더 이상 버틸 수 없었던 진순남이 잠시 망설이다가 힘겹게 입술을 뗐다.

그렇게 진순남은 김윤찬에게 모든 것을 털어놓을 수밖에 없었다.

"그, 금동이가?"

뜻밖의 인물이 진순남의 입에서 튀어나오자 김윤찬 역시 놀라지 않을 수 없었다.

박금동!

그 옛날 김윤찬이 교도수 의무관으로 근무하던 시절, 콩콩이 삼총사라고 불리었던 녀석 중 하나, 3308 박금동에 관한 이야기였다.

교도소에서 만기 출소해 새 삶을 영위하던 박금동.

하지만 그가 최근에 소매치기 사건에 연루돼 구치소에 수감되었다는 놀라운 소식이었다.

"네, 교수님. 아까 통화한 사람은 금동이 변호사예요."

진순남이 힘없이 고개를 떨궜다.

진순남과 박금동은 비록 교도소에서 인연을 맺었지만, 형제지간이라고 해도 과언이 아닐 만큼 돈독한 우정을 쌓았었다.

최근 진순남이 잦은 실수를 했던 이유가 밝혀지는 순간이었다.

"금동이는 그럴 아이가 아닌데."

박금동의 성품을 너무도 잘 알고 있는 김윤찬이었기에, 지금의 소식은 너무나 충격적이었다.

"맞아요, 교수님! 금동이한테 분명 피치 못할 무슨 사정이 있었을 거예요. 금동인 절대로 그럴 아이가 아니거든요!"

어느새 진순남의 눈두덩이가 붉게 물들어 있었다.

"음, 나도 그렇게 생각한다. 다만 구치소에 수감이 되었다면, 그만한 혐의가 있어서겠지."

흥분해 있는 진순남 앞에서 자신도 흥분해 대응할 순 없는 일.

김윤찬은 최대한 냉정을 유지하려 애를 썼다.

　"그러니까요! 그게 잘못된 겁니다. 절대 금동이가 그 시궁창 같은 곳에 발을 디뎠을 리가 없어요. 교수님!"

　진순남이 애가 타는지 울먹이며 소리쳤다.

　"진정해라. 네 말대로 무언가 문제가 생겼다면 진실이 드러나겠지. 그러니까 법의 판결을 지켜보는 수밖에 없지 않겠니?"

　"법의 판결요? 아뇨."

　진순남이 단호하게 고개를 내저었다.

　"그러면 뭘 어떻게 하겠다는 거냐?"

　"저나 금동이나 교도소에 있으면서 뼈저리게 느꼈어요. 우리 같은 약자는 법의 보호를 받는 것이 아니라, 법의 공격을 받는다는 것을요."

　"……"

　"항상 법은 강자 편이었어요, 교수님! 전 금동이가 절대 소매치기를 했을 거라고 믿지 않아요. 뭔가 잘못된 것이 틀림없어요. 전 어떡해서든 금동이가 누명을 벗을 수 있도록 도와……."

　"그래서 네 일까지 팽개쳐 놓으면서 돕겠다는 거냐, 지금?"

　김윤찬이 진순남의 말허리를 단칼에 잘라 버렸다.

　"그, 그게 아니라……"

"됐어! 너는 지금 착각을 해도 대단히 착각을 하고 있는 거야. 네 친구에 대한 우정은 눈물겹도록 감동적이기는 하다만, 그 친구 때문에 애먼 환자는 치명적인 상황에 처할 뻔했어."

"……."

김윤찬의 호통에 진순남이 더 이상 말을 잇지 못했다.

"무고한 박금동이 억울한 누명을 써서 네가 바로잡는다고 치자. 그렇다고 너의 행동이 정당화될 수 있을까? 천만에. 네가 담당하고 있는 환자들과 박금동은 아무런 상관이 없으니까!"

"……."

진순남은 할 말이 없는지 힘없이 고개를 떨어뜨렸다.

"진순남! 힘들겠지만 공과 사를 구분해서 행동하길 바란다. 네 손에 환자의 건강과 생명이 달려 있다는 걸, 단 한시도 잊어서는 안 돼."

"네, 교수님. 죄송합니다."

"그래. 넌 많이 죄송해야 하는 거야. 나한테가 아니라 환자들한테. 내가 경고하는데, 금동이 일로 병원 업무에 차질이 생기지 않도록 해라. 만약 이번 같은 일이 단 한 번만 더 발생한다면, 난 너를 더 이상 내 제자로 인정하지 않을 테니까."

"……."

"대답 안 해?"

"네. 알겠습니다, 교수님! 다시는 이런 일이 없도록 하겠습니다."

진순남이 눈물을 훔쳐 내며, 코를 훌쩍거렸다,

"그래. 얼른 가 봐. 좀 전에 보니까 장영은 선생 손이 달리는 것 같더라. 명심해라. 너의 사소한 실수는 동료들을 힘들게 한다는 것을. 이만 가마."

그 어느 때보다 김윤찬의 표정에는 한기가 감돌았다.

♡

'그 착한 아이가 다시 그런 시궁창 같은 곳에 발을 디딜 리가 없지 않은가?'

자신의 연구실로 돌아온 김윤찬의 표정은 잔뜩 굳어 있었다.

'후우, 금동이가 왜?'

지난 시절, 박금동과의 추억을 떠올려 보는 김윤찬.

아무래도 안 되겠어. 확인을 해 봐야겠다.

순남이 말대로 금동이가 그런 짓을 할 리가 없어.

띠띠띠띠.

김윤찬이 핸드폰을 꺼내 마동수에게 전화를 걸었다.

"저 김윤찬입니다."

-네! 네! 교수님! 저 마동수입니다.

마동수가 마치 기다리고 있었다는 듯이 반갑게 전화를 받았다.

"혹시 바쁘시지 않으면 저와 잠시 통화 좀 가능하실까요?"

-당연하죠. 교수님이시라면 아무리 바빠도 시간을 내야죠. 무슨 일이십니까, 교수님!

"실은……."

김윤찬이 박금동이 처한 상황을 마동수에게 상세하게 설명했다.

-음, 그런 일이 있었군요. 제가 한번 알아보겠습니다.

"네. 제가 괜한 부담을 드리는 건 아닌지 모르겠군요."

-어휴, 무슨 그런 섭섭한 말씀을 하십니까? 교수님이 저한테 어떤 분이신지 몰라서 그러십니까? 회장님과 교수님 두 분은 저한테는 하느님과 동격입니다. 그러니 그런 말씀마십시오.

"어휴, 하느님은 너무 선을 넘으셨는데요?"

-하하하, 그렇지 않습니다. 정말 존경합니다, 교수님!

"갑자기요?"

-네네, 언제나 존경하고 있었습니다. 박금동 군에 관한 일은 제가 최대한 빨리 알아보고, 파악되면 즉시 연락드리도록 하겠습니다.

"네, 그렇게 좀 해 줘요. 다만, 금동이가 실제로 죄가 있음에도 불구하고 손을 써 달라는 것이 아닙니다. 그 녀석이 순남이 말대로 정말 억울한 누명을 썼는지만 확인해 주십시오."

－암요. 당연히 그렇게 해야죠. 저 역시 법의 테두리 안에서 최대한 정보를 찾아보도록 하겠습니다.

"그러면 부탁 좀 하겠습니다."

－네. 너무 걱정 마십시오.

"네, 감사합니다."

그렇게 김윤찬은 마동수를 통해 박금동 사건의 진실을 확인하려 했다.

윤미순 이사장 집무실.

"요즘 흉부외과에 잡음이 좀 있는 것 같은데요?"

"잡음이라뇨?"

"진순남 선생 말입니다. 한두 차례 사고를 쳤다는 소리가 들리더군요."

"그런 것 없습니다."

김윤찬이 단호한 표정으로 고개를 내저었다.

"그렇습니까?"

"네, 그렇습니다. 아무 일 없으니 걱정하지 마십시오."

"그래요. 김 교수가 그렇게 말씀하시니, 내가 더 이상 거론하지 않도록 하겠어요. 다만, 윤장현 부원장한테 꼬투리잡힐 일은 하지 않도록 하세요. 뭔가 실수 같은 걸 하길 기대하고 있는 사람이니까."

"네, 알겠습니다."

"그건 그렇고, 조만간 이사회에서 20대 원장 선임에 관한 안건을 가지고 회의를 할 예정이에요."

"네, 알고 있습니다."

"그런데 이번에는 장현이 그놈이 새로운 안건을 들고나왔더군요?"

"새로운 안건이라면?"

"지금까지는 톱다운 방식으로 이사회 의결로 신임 원장을 결정했는데, 이 제도를 뜯어고치자고 하더군요. 후보선출관리위원회를 만들어 자천, 타천 추천을 받아, 표결에 부치자는 의견을 이사회에 제시했어요. 타천의 경우 최소 30명의 추천 인원수가 추천을 해야 후보로 등록할 수 있다네요."

"그래서 이사회에서 이를 받아들이겠다고 하던가요?"

"아마도 그럴 겁니다."

"그렇게 되면, 조병천 원장님의 재임이 쉽지 않을 것 같군요."

"아마도 그럴 확률이 높겠죠?"

윤미순이 빈정이 상한 듯, 미간을 찌푸렸다.

"그렇군요."

"조병천 원장이야 워낙 대중적인 인기가 없는 양반이라서 이번에 윤장현 부원장이 후보로 나선다면 필패일 겁니다."

"그러면 이사회에서 이 안건을 부결시키면 될 것 아닙니까?"

"조병천 원장은 내 남편이에요. 제가 그럴 수 있다고 생각하세요? 게다가 이전보다 공정하고 선진적인 방식으로 진화하려는 방안에, 이사장이라고 무턱대고 반대할 수는 없는 일 아닙니까?"

"그러면 어떻게 하실 생각이십니까?"

"당연히 이사회에 안건이 상정되면 저 역시 찬성표를 던질 생각입니다. 이젠 밀실 임명이라는 오명을 지워야 할 때 아닙니까?"

"외람된 말씀이지만, 그러면 결국 조병천 원장님은 윤장현 부원장님한테 상대가 되지 않을 텐데요?"

"그러니까 선수를 바꿔야겠지요."

윤미순이 김윤찬을 응시하며 한쪽 입꼬리를 비스듬히 말아 올렸다.

"선수를 바꾼다고요?"

"그렇습니다. 전 이번에 연희 원장 자리에 김윤찬 교수를 추천할 생각이에요."

"네?"

깜짝 놀란 김윤찬이 목소리 톤을 높였다.

"선수의 기량 차가 심하면, 다른 선수를 내보내는 방법밖에 더 있겠습니까? 순순히 장현이한테 안방 자리를 내줄 수는 없는 일 아니에요?"

"하지만 전……."

"흉부외과 과장 자리 정도는 건너뛰어도 상관없습니다. 김윤찬 교수만큼 스토리가 좋은 교수가 어디 있습니까?"

"너무 당혹스럽군요. 원장이란 타이틀은 단 한 번도 생각해 본 적이 없습니다."

"알아요. 충분히 당황스럽겠죠. 하지만 어차피 우리 집 바깥양반이랑 장현이랑 붙으면 무조건 져요."

"저 역시, 윤장현 부원장님의 상대가 되지 않습니다."

"아직 붙어 보지도 않았는데, 벌써부터 이렇게 꼬리를 내리시면 어떡합니까? 추천인으로서 벌써 힘이 빠지네요."

"전 출마한다고 하지 않았습니다."

"네네. 아직 시간은 있으니, 좀 더 생각해 보시기 바라요. 다만, 타 학교 출신 최초의 연희병원 원장이라는 타이틀이 어떤 의미를 가지는지는 충분히 생각해 보도록 하세요."

"……."

"이제부터 우리 병원의 개혁은 시작되는 겁니다. 수많은 인턴, 레지던트 들에게 김윤찬 교수가 희망의 불빛이 되어 주는 것도 나쁘진 않은 것 같은데 말이죠. 그렇지 않나요, 김 교수?"

"네, 그러면 좀 더 생각을 정리한 후에 말씀드려도 되겠습니까?"

"좋아요. 아무튼 난, 김윤찬 교수가 내 마음을 정확히 읽어 줬으면 해요. 우린 한배를 탄 식구니까."

"네, 알겠습니다."

♥

잠시 후, 김윤찬 교수 연구실.

털썩.

연구실로 돌아온 김윤찬이 의자에 몸을 내던지듯 앉았다.

윤미순의 뜻밖의 제안!

꽃놀이패를 잡고 싶은 건가?

어차피 이대로라면 조병천은 윤장현의 허들을 넘을 수가 없다. 물론 나 역시 윤장현의 벽을 넘기는 쉽지 않겠지.

하지만 대패보다는 석패가 낫지 않겠는가?

뭐, 소 뒷걸음치다 쥐 잡는 재수가 생기면 좋은 거고.

어차피 자기 남편 가지고는 승산이 없는 게임이니, 상대를 바꾸자는 거다.

어차피 내어 줄 원장 자리라면 이번 선거판에서 윤장현에

게 조금이나마 상처를 입게 하겠다는 것이 윤미순 이사장의
복안이었다.
　독이 든 성배다, 연희병원 원장이라는 자리는.
　받아야 하는 거냐, 받지 말아야 하는 거냐.
　머릿속이 복잡해지기 시작하는 김윤찬이었다.
　띠리리링.
　바로 그때였다.

3308 박금동 (2)

　김윤찬이 박금동 사건을 알아봐 달라고 부탁했던 마동수
로부터 전화가 왔다.

　"네, 동수 씨. 접니다."

　─네, 교수님! 제가 좀 알아봤는데, 아무래도 금동 군이 당
한 것 같습니다.

　"당해요? 뭘 어떻게 당했다는 겁니까?"

　─최근에 관할 경찰서의 소매치기 전담반에서 희생양이
필요했던 모양입니다.

　"그래서요?"

　희생양이란 말에 김윤찬이 신경질적인 반응을 보였다.

　─소매치기를 전문으로 하는 점조직인 양치파라는 놈들이

전담반에 두꺼비로 공양미를 대고 있었는데, 아무래도 그놈들이 김밥을 먹은 것 같습니다.

"네? 두꺼비는 뭐고 김밥은 또 뭔가요?"

―아, 죄송합니다. 놈들이 외부와의 비밀 차단을 위해 쓰는 은어인데, 두꺼비는 돈뭉치, 공양미는 상납금, 김밥은 발각을 의미하는 은어예요.

"그래서요? 지금 금동이가 그들에게 당했다는 건가요?"

―그렇습니다. 양치파 이놈들이 전담반 형사를 비리 수사에서 모면시키기 위해 금동 군을 이용한 듯 보여요.

"미친놈들! 그게 지금 말이 됩니까?"

―뭐 어쩔 수 없는 현실입니다. 놈들도 그렇게 해야 목숨을 부지할 수 있으니까요.

"어이없군요. 그러니까 금동이가 그 쓰레기 같은 인간들에게 당한 것이 확실한 거죠?"

―그렇습니다. 믿을 만한 라인을 통해 입수한 정보니, 확실할 겁니다.

"그럼 어떻게 해야 하는 겁니까?"

―음, 이게 현직 경찰들과 연관돼 있어 놔서 그렇게 간단한 문제는 아닌 것 같습니다. 다만 우리 쪽에서 확보된 정황이 있으니, 조금만 시간을 주시면 해결해 보겠습니다.

"하아, 네. 감사합니다. 제가 그쪽은 아는 것이 없으니, 염치없이 동수 씨한테 부탁을 해야 할 것 같군요."

−그런 말 마십시오! 말씀드렸잖습니까? 교수님은 저한테 하느님과 동격이라고요! 제가 만사 제쳐 놓고 이 일부터 수습하도록 하겠습니다.

"어휴 그러시지 않아도 돼요."

−아닙니다. 벌써 우리 그룹 법무팀을 통해서 금동 군 변호사도 선임해 뒀습니다. 아마 모든 것이 밝혀지기까지 금동 군을 잘 보살펴 줄 겁니다.

"감사합니다. 정말 고마워요."

그렇게 김윤찬은 마동수를 통해서 박금동이 음모에 휘말렸다는 것을 확인할 수 있었다.

♥

김윤찬 교수 연구실.

마동수와의 통화를 마친 김윤찬이 진순남을 자신의 연구실로 호출했다.

"금동이는 지금 어디 있는 거니?"

"영진구치소에 수감되어 있어요."

마음고생이 심했는지 진순남의 얼굴이 까칠해 보였다.

"그렇구나. 맘고생이 심했겠구나."

"아뇨. 교수님의 말씀대로 개인적인 일과 공적인 일을 구분 못 한 제 책임이 커요. 다시는 이런 불상사가 없도록 하겠습니다."

"이 녀석아, 내가 널 야단치려고 부른 게 아니야. 네 말대로 금동이한테 뭔가 피치 못할 일이 있었던 것 같다. 그래서 내가 좀 알아보려고 해."

"교수님께서요?"

"그래. 오늘 오후 수술만 끝내면 내일은 내가 좀 한가할 것 같구나. 내가 한번 영진구치소에 가 보마."

"네? 굳이 그러실 필요는 없어요."

"아니다. 내가 금동이를 좀 만나 봐야 할 것 같아."

"아뇨. 바쁘신데 교수님까지 나서실 필요는 없어요. 제가 알아서 하겠습니다."

"금동이는 네 친구기도 하지만, 내 친구기도 해. 친구가 억울한 누명을 쓰고 고통을 겪고 있는데, 나보고 의리 없이 가만히 구경만 하란 말이냐?"

"교, 교수님."

"너보다는 내가 좀 더 살았고 아는 사람도 많으니, 내가 더 나을 거다. 게다가 금동이가 건강도 별로 안 좋잖니? 아무래도 레지던트 나부랭이보단 내가 낫지 않겠어?"

"교수님, 정말 감사합니다."

진순남이 고개를 숙인 채 훌쩍거렸다.

"아무 걱정 말고, 업무에 충실하도록 해. 내가 네놈 자랑을 얼마나 했는데, 이러면 쓰니?"

"네, 교수님! 우리 금동이 좀 살려 주세요. 부탁드려요!"

"알았다. 일단 내가 한번 금동이를 만나 보마."

토닥토닥, 김윤찬이 진순남의 등을 두드려 주며 그를 위로했다.

다음 날, 영진구치소.

김윤찬이 박금동을 만나기 위해 영진구치소 인근 주차장에 차를 세우고 면회 신청을 하러 가려는 찰나, 누군가 김윤찬의 앞길을 막아섰다.

"어? 형님? 형돈 씨!"

그는 김윤찬이 교도관에서 일하던 시절 형님 동생 하던 정직한 교도관과 3777 김형돈이었다.

"하하하, 윤찬아!"

"의무관님, 오랜만입니다."

"아니, 두 사람 여기 어쩐 일이세요?"

"어쩐 일이긴? 금동이 일이면 우리 일이기도 하지. 너 온다는 소식 듣고 기다리고 있었어."

"헐, 순남이한테 얘기를 들으셨군요?"

"네. 그렇지 않아도 금동이 일 때문에 저희도 이리저리 알아보고 있던 중이었습니다."

김형돈은 교도소에서 만기 출소해 돼지갈빗집을 차렸고, 음식이 워낙 탁월해 이제는 6개 지점을 낼 정도로 요식업에 성공한 사업가가 되어 있었다.

"네네. 정말 반가워요. 일단, 금동이 면회 신청부터 하고……."

"윤찬아! 그건 이미 내가 해 놨다. 여기 구치소장이 나랑은 막역한 사이야. 금동이 조만간 구치소장실로 올 거다."

"아, 정말요?"

"그럼, 그럼, 금동이는 우리 모두의 친구 아니냐! 최강 합창단원!"

"하아. 감사합니다, 다들!"

"그래. 이번에 우리 먹깨비 형돈이가 수고 많이 했어. 인근에 형돈이 음식점이 있는데, 구치소 직원들 공짜로 단체 회식 잡아 줬거든. 뭐, 이 정도 약을 쳤으면 주 구치소장도 밑질 것 없는 장사지. 암!"

"그렇군요. 정말 고맙습니다, 형돈 씨."

"어휴, 그게 무슨 소리예요? 금동이는 제 친동생이나 진배없어요. 오히려 이렇게 면회 와 주셔서 제가 감사하네요."

헤헤헤, 김형돈이 특유의 인상 좋은 웃음을 지었다.

"네, 다들 정말……."

"감격은 나중에 하고, 얼른 들어가 봐. 시간 충분히 잡아 놨으니까 금동이랑 할 얘기 있으면 편하게 해. 난 형돈이랑 주 구치소장 좀 만나고 있을 테니까."

"네, 형님! 그러면 있다가 뵙겠습니다."

"그래. 면회 끝나고 형돈이 가게에서 밥이나 같이 먹자."

"네, 알겠습니다."

영진구치소 소장실.

김윤찬이 정직한과 김형돈의 도움으로 충분한 시간을 가지고 박금동과 대화를 나눌 수 있었다.

"교수님, 죄송합니다. 제가 교수님께 폐를 끼치게 됐어요."

하늘색 죄수복을 입고 앉아 있는 박금동의 얼굴이 파리해 보였다.

"아니다. 그나저나 안색이 좀 안 좋아 보이는 것 같은데, 어디 아픈 거냐?"

"아니에요. 괜찮습니다. 다만 교수님한테 이런 꼴을 보여 드린 게 너무 죄송합니다."

박금동이 얼굴을 들지 못했다.

"금동아, 얼굴 들어."

"아뇨. 교수님 얼굴을 못 보겠어요. 진짜 열심히 잘살아서 성공한 모습을 보여 드리려고 했는데……."

뚝뚝뚝, 박금동의 뜨거운 눈물이 바닥에 떨어졌다.

"박금동, 얼굴 들어! 네가 잘못한 게 아무것도 없는데, 뭐가 창피하다는 거야?"

"네? 그, 그게 무슨 말씀이세요?"

"나 김윤찬이야! 무적의 경촌합창단 단장인 거 몰라?"

"네?"

"이놈아! 이런 일이 있었으면 바로 나한테 연락을 했어야지. 괜히 난 우리 착한 금동이를 의심했잖아?"

"죄, 죄송합니다. 교수님."

"우리 금동이는 잘못한 거 하나도 없으니까, 곧 모든 진실이 밝혀질 거야. 그러니까 조금만 참고 있거라."

"교수님! 저, 정말 열심히 살았어요. 진짜 교수님하고 친구들한테 부끄럽지 않으려고 정직하게 살았습니다."

"그래. 말 안 해도 안다."

토닥토닥, 김윤찬이 박금동의 등을 두드리며 위로했다.

"예전에 알던 녀석이 밥이나 한 끼 하자고 해서 나갔는데 그만 이렇게 되어 버렸어요."

흑흑흑, 박금동이 연신 뜨거운 눈물을 쏟아 냈다.

"그래. 많은 사람이 너를 위해 애쓰고 있으니 조만간 모든 것이 밝혀질 거야."

"그놈들, 잡기가 쉽지 않을 거예요. 이런 일이 한 번 터지면 완전히 종적을 감춰 버리거든요. 한동안 잠수 타고 있다가 잠잠해지면 하나둘씩 수면 위로 올라와요. 점조직이라 쉽게……."

"그건 네가 걱정할 일이 아니야. 괜히 쓸데없는 고민하지 말고 네 건강이나 잘 챙기렴. 그나저나 금동이 너 안색이 너무 안 좋은데?"

"괜찮아요, 교수님! 며칠 잠을 못 자서 그런가 봐요."

박금동이 애써 김윤찬의 시선을 피했다.

"아니야. 너 뭔가 문제가 있는 것 같다. 어디 맥박 좀 확인해……."

바로 그때였다.

"김윤찬 교수님, 면회 시간 끝났습니다. 이제 나가셔야 합니다."

똑똑똑, 교도관 하나가 문을 열고 안으로 들어왔다.

"아, 그렇습니까? 죄송한데, 한 5분만 시간을 더 주실 수 없습니까?"

"어후, 저도 그랬으면 좋겠는데, 더 이상은 힘들 것 같습니다. 교수님, 죄송합니다."

교도관이 난색을 표했다.

"교수님, 저 정말 괜찮아요. 그리고 이곳에도 의무실이 있어서 아프면 치료해 줍니다. 너무 걱정 마세요."

그러자 박금동이 자신의 팔을 뒤로 감췄다.

"하아, 그래도 내가 좀 확인해 봐야 할 것 같은데."

여전히 미심쩍은지 김윤찬이 박금동의 얼굴을 뚫어져라 응시했다.

"헤헤헤. 교수님, 그만 보세요. 민망하니까."

박금동이 애써 김윤찬의 시선을 피했다.

"알았다. 조만간 다시 올 테니까, 끼니 거르지 말고 맘 푹 놓고 지내거라. 잠도 충분히 자야 해. 알았니?"

"네네, 알았습니다. 바쁘실 텐데 얼른 돌아가세요! 교도관님, 가시죠!"

박금동이 자리에서 벌떡 일어났다.

잠시 후.

"교도관님, 잠시만요."

박금동과 헤어진 후, 김윤찬이 교도관의 발길을 멈춰 세웠다.

"네? 무슨 일이십니까, 교수님?"

"이게 제 명함인데, 혹시 박금동 씨가 아프거나 하면 저한 테 연락을 좀 주시겠습니까?"

"우리 구치소에도 의무실이 따로 있긴 합니다만."

"부탁드립니다. 박금동 씨가 워낙 건강이 안 좋은 사람이 라 걱정이 돼서 그래요. 부탁드려요."

"네, 일단 알겠습니다."

김윤찬이 워낙 정중하게 부탁하자 차마 거절하지 못하는

교도관이었다.

♥

금동갈빗집.

박금동과의 면회를 끝마친, 김윤찬이 정직한과 함께 김형
돈이 경영하는 음식점으로 왔다.

지글지글.

"어서 와, 윤찬아!"

김윤찬이 도착하자 이미 돼지갈비가 맛있게 구워지고 있
었다.

"네, 형님."

"이게 진짜 얼마 만의 술이냐. 일단 한 잔 받아라!"

또르르, 정직한이 김윤찬의 잔에 술을 따랐다.

"네. 저도 반가워요, 형님!"

"그 뭐냐? 〈최고의 명의〉? 그 프로그램에 너 나오던데?"

"아, 그거 보셨어요?"

"당근이지. 너 나오는 건데, 내가 안 보려야 안 볼 수가 있
나? 너 TV 나온 다음에 내 동생이라고 그렇게 떠들어 댔는
데도, 사람들이 믿질 않더라. 젠장!"

"하하하, 그러셨어요? 오늘 사진이라도 한 장 같이 찍어
드릴까?"

"오케바리! 그거 좋은 생각이다. 찍자, 사진! 이 새끼들 이 거 보면 믿겠지?"

정직한이 자신의 핸드폰을 꺼내 들었다.

그렇게 두 사람이 서너 잔의 소주를 나눠 마시며 그동안의 회포를 풀었다.

"윤찬아, 금동이는 도대체 어떻게 된 거니? 그 착한 놈이 다시 그 구렁텅이 속으로 들어갈 리가 없잖아?"

꿀꺽, 정직한이 소주잔을 비웠다.

"그럼요. 금동이가 그럴 리가 없잖아요. 아무래도 예전에 같이 지냈던 사람한테 당한 것 같습니다."

쓰읍. 김윤찬이 천천히 잔을 비운 후, 손등으로 자신의 입술을 훔쳐 냈다.

"그렇지! 나도 그럴 거라 생각했어. 하여간 나쁜 놈들! 금동이같이 착한 애를 왜 그렇게 못살게 구는 거야."

에이씨, 정직한이 소주를 따라 단숨에 털어 넣었다.

"그게 그놈들 생리니까요."

"개자식들! 이놈들을 어떻게 해야 하지?? 좋은 방법이 없을까, 윤찬아?"

분기탱천한 정직한이 양 볼을 부풀리며 씩씩거렸다.

"그렇지 않아도 알아보는 중입니다. 조만간 좋은 소식이 들리겠죠. 너무 걱정 마세요."

"암암! 우리 윤찬이가 나서서 안 될 일이 없지. 믿는다, 윤찬아! 그런데 말이야, 내가 무식해서 잘은 모르겠는데, 금동이 안색이 영 안 좋던데? 어디 아픈 데가 있는 거 아니니?"

또르르, 정직한이 김윤찬의 잔에 소주를 따르며 물었다.

"그러게요. 저도 그게 제일 마음에 걸리더라고요. 몇 가지 검사를 좀 했으면 좋겠는데…….."

띠리리리.

바로 그때, 김윤찬의 핸드폰이 요란하게 울렸다.

"모르는 번호인데??"

'설마 금동이한테 무슨 일이 생긴 건 아니겠지?'

김윤찬이 고개를 갸웃거리다가 뭔가 생각이 미쳤는지 재빨리 통화 버튼을 눌렀다.

"여보세요? 저 김윤찬입니다."

전화를 받은 김윤찬의 목소리가 미세하게 떨리는 듯했다.

─교수님! 저, 김창호입니다!

"어?"

─하하하, 교수님! 3307 김창호라고요! 벌써 제 목소리 잊으셨습니까?

"와! 창호라고? 콩콩이 삼총사 김창호?"

─네네, 맞습니다. 저 콩콩이 삼총사 김창호입니다!

"하아, 미치겠네? 지금 들어 보니 창호 맞구나, 맞아!!"

천만다행이었다. 박금동한테 문제가 생겨 교도관에게서 온 전화인 줄 알았는데, 뜻밖에도 김윤찬에게 전화를 건 사람은 콩콩이 삼총사 중 한 명인 3307 김창호였다.

　-네네, 교수님! 정말 반갑습니다. 이렇게 목소리 들으니 정말 정말 감격이네요!

　"나도 마찬가지야! 너 어떻게 된 거야? 원양어선 탄다고 하지 않았니? 순남이한테 들었던 것 같은데?"

　이제야 김윤찬의 목소리도 밝아지는 듯 했다.

　-네, 맞아요. 지난주에 한국에 들어왔거든요? 순남이한테 금동이 소식 듣고 부랴부랴 구치소로 가는 중입니다.

　"아, 소식 들었구나?"

　-네네. 지금 교수님, 형돈 아재 가게에 계신다는 소식 듣고 너무 뵙고 싶어서요.

　"지금 순남이랑 같이 있는 거니?"

　-네. 순남이가 교수님 약주하셨다고 형돈 아재한테 연락 받아서 모시러 가는 중이에요.

　"굳이 그럴 필요 없는데? 대리 부르면 되거든."

　-에이, 섭섭합니다. 금동이 일도 일이지만 교수님도 엄청 뵙고 싶었거든요. 거기 정직한 교도관님이랑 형돈 아재도 다 모였다면서요! 교수님은 저 보고 싶지 않으셨나요?

　"무슨 소리야? 당연히 너무 보고 싶었지."

　-거봐요! 저도 엄청 뵙고 싶었다고요! 거의 다 도착했으니까, 조금만 기다리세요.

　"그, 그래. 알았다. 기다리마."

예상했던 교도관의 전화가 아니어서 다행이었다.

"창호 놈이야? 여기 온대?"

전화를 끊자 정직한이 물었다.

"네, 맞아요."

"그 녀석, 원양어선 탄다고 하지 않았나?"

"맞아요. 지난주에 한국에 들어왔다는군요. 지금 거의 다 도착해 간다고 하네요."

"아이고! 교도소에 있을 때, 껌딱지처럼 붙어 다니던 녀석들이라 이렇게 모이는구나? 하아, 금동이도 빨리 누명을 벗어야 할 텐데."

"너무 걱정 마세요. 아무리 독해도 거짓은 진실을 이길 수 없는 법이니까요. 곧 밝혀질 겁니다."

"맞아! 우리 금동이가 얼마나 착실한 놈인데! 아무튼 오랜만에 우리 다 뭉치네?"

"어쩌다 보니 그렇게 됐네요."

"며칠 전에 강민우 로커한테도 전화가 왔더라. 내가 금동이 얘기를 해 줬더니, 만사 제쳐 놓고 한국 들어온다고 난리 쳐서 간신히 말렸어."

"아, 그런 일이 있었군요."

"그래. 다들 정말 좋은 사람들이야. 교도소에서 이런 인연을 맺을 줄 어떻게 알았겠냐? 그게 다 윤찬이 네 덕이야."

"갑자기요?"

"그래, 인마! 네가 합창단 안 만들었으면 우리가 이렇게 돈독해질 수 있었겠냐?"

바로 그때였다.

"교수님!"

문을 열고 들어오자마자 한걸음에 달려오는 녀석.

작달막한 키에 짓궂은 얼굴이 누가 봐도 3307 김창호였다.

김창호가 진순남과 함께 음식점 안으로 들어왔다.

"창호야!"

너무나도 반가운 나머지 김윤찬이 자리에서 벌떡 일어나 그를 맞았다.

"교수님, 반갑습니다."

이창호가 득달같이 달려가 김윤찬과 포옹했다.

"그래그래, 고생 많았다. 구릿빛 얼굴이 건강해 보이는구나."

김윤찬이 김창호의 얼굴 이곳저곳을 살펴보며 쓰다듬었다.

"헤헤, 이제 뱃사람 다 됐죠."

"이 녀석아! 김 교수만 사람이냐? 이 새끼, 진짜 나한테는 눈길 한 번 안 주네?"

"그럴 리가 있나요? 그래도 교도관님은 자주 연락도 하고 가끔 뵙기도 했잖아요."

"하하하, 아직도 교도관이냐? 인마, 이제 난 교도소장이야."

"큭큭큭, 아무리 높으신 분이라도 저희한테는 영원한 교도관님이시죠."

"하하! 그래그래. 맞다, 맞아! 내가 너희 앞에서 무슨 감투타령이냐? 앉아라. 순남이 너도 앉고."

"네."

"네."

"일단 창호랑 순남이 내 잔 한 잔 받아라."

모두 자리에 앉자, 정직한이 소주병을 집어 들었다.

"아, 저는 교수님 모시고 가야 해서요. 술은 좀 안 될 것 같아요."

진순남이 천천히 고개를 내저었다.

"아, 그렇구나? 하긴, 지엄하신 교수님이 계신데 밑도 안 보이는 쫄따구가 감히 그럴 순 없긴 하지. 창호, 넌 괜찮지?"

"그럼요! 없어서 못 마시죠. 아주 1년 동안 소주 생각에 미치는 줄 알았어요."

"하하하, 그래? 오늘 실컷 마셔라."

또르르, 정직한이 김창호의 술잔에 소주를 꾹꾹 눌러 담았다.

"형돈아! 오늘 같은 날은 셔터 내려야 하는 거 아냐? 얼른 안 오고 뭐 해?"

"하하하, 그럼요! 지금 가게 정리하고 가려던 참입니다! 곧 가요! 가!"

잠시 후.
그렇게 오랜만에 합창단원들이 모두 모인 자리. 서로 안부를 물으니 시간 가는 줄 몰랐다.
"그나저나 우리 금동이는 정말 괜찮은 건가요?"
꿀꺽, 김창호가 소주를 털어 넣으며 물었다.
"암 암! 여기 김 교수랑 내가 백방으로 알아보고 있으니까, 너무 걱정 말거라. 우리 금동이가 그럴 리가 없잖아?"
"그럼요. 저라면 몰라도 금동이는 절대로 그 시궁창 같은 곳에 발을 들여놓을 애가 아니에요. 뭔가 잘못돼도 한참 잘못된 거예요."
"그럼, 그럼. 그러니까 아무 걱정 말라는 거야. 잘될 거다! 그나저나 너는 장가 안 가냐?"
정직한이 김창호의 술잔에 소주를 따랐다.
"헤헤헤, 장가는 무슨? 아직 모아 놓은 것도 없고……."
그렇게 삼삼오오 오랜만에 만난 회포를 풀고 있을 즈음.
"순남아, 술기운이 올라와서 그러는데, 나랑 같이 바람 좀 쐬자."
"네. 알겠습니다, 교수님!"
김윤찬이 진순남을 데리고 조용히 밖으로 나갔다.

"서울에서 조금만 벗어나도 공기가 확실히 다르네?"

흐음, 밖으로 나온 김윤찬이 기지개를 켜며 숨을 들이마셨다.

"그쵸? 그만큼 서울 공기가 엉망인 것 같아요. 교수님, 이거 드세요."

그러자 진순남이 자판기 커피를 뽑아 김윤찬에게 내밀었다.

"후후후, 고맙다. 그건 그렇고 병원 일은 어떻게 하고 여길 왔어?"

후릅, 김윤찬이 커피를 한 모금 베어 물었다.

"음, 교수님도 걱정되고, 창호가 갑자기 찾아와서요. 물론, 금동이 일도 걱정되어서……. 장영은 선생님이 교대해 주셨습니다."

"그렇구나. 장 선생이 너 엄청 아끼는 거 알지? 실망시키지 않도록 최선을 다해야 해."

"그럼요. 당연히 명심하고 있습니다."

"그래. 그건 그렇고, 뭐 하나만 물어보자."

"네, 말씀하십시오."

"오늘 금동이를 만났는데, 안색이 영 좋지가 않더라. 아무래도 그게 마음에 걸리는데, 넌 뭐 알고 있는 것 없니?"

"음, 글쎄요. 금동이가 워낙 체력이 약해서 골골대긴 해도, 딱히 지병은 없는 걸로 알아요. 그러다 보니 감기는 달고

사는 것 같긴 한데, 큰 문제는 없을 겁니다."

"그래? 그래도 영 마음에 걸리는데……. 내가 너무 예민한
가? 아무튼 하루라도 빨리 금동이 빼내서 내가 진찰을 좀 해
봐야 할 것 같아. 이것저것 검사도 좀 해 보고."

"음, 교수님! 여기 교도소 의무관이 저 대학교 1년 선배인
데, 저랑은 꽤 친한 사이거든요? 제가 한번 연락해 볼까요?"

"그래? 그럼 그렇게 해 주겠니? 솔직히 좀 전에 구치소 교
도관한테 명함을 주고 오긴 했는데, 표정을 보아하니 연락해
줄 것 같지 않더라. 만약에 금동이한테 문제가 있다면 의무
실을 찾아갔을 거야. 그러니 전화 한번 해 보거라."

"네, 알겠습니다. 일단 바람이 차니 들어가 계세요. 전 통
화 좀 하고 들어가겠습니다."

"알았다."

잠시 후, 음식점 안.

"선배하고는 통화해 봤니?"

진순남이 음식점 안으로 들어오자 김윤찬이 물었다.

"네, 통화했습니다."

"그래? 뭐라 하든?"

"그렇지 않아도 며칠 전에 목하고 골반에 통증이 있고 속

이 안 좋아서 의무실에 왔다고 하더라고요. 그래서 진통제랑 소화제 처방해 줬다고 하던데요?"

"목이 안 좋았다고? 골반 통증까지?"

"네, 그렇다고 하더라고요. 헛구역질도 좀 하고, 영 소화가 잘 안 되어서 다시 찾아왔었대요."

"그래서?"

"네. 신경성 위궤양 같다고 소화성 궤양용제 처방해 줬대요. 그래도 낫지 않으면 위내시경 해 보자고 했다더군요."

"그래서 지금은? 지금은 괜찮다고 하더냐?"

"일단 위궤양 약을 먹고 있긴 해서 지켜보고 있다고 하네요. 약을 복용해도 호전되지 않으면, 저한테 좀 연락해 달라고 부탁해 놨어요."

신경성 위궤양에 목 통증과 골반 통증이? 그럴 리가 없지 않은가?

"아무래도 안 되겠다. 내가 그 의무관이랑 통화를 해 봐야 할 것 같아. 순남이 네가 전화를 걸어서 나 좀 바꿔 줄래?"

뭔가 짚이는 것이 있는지, 김윤찬이 서두르기 시작했다.

"왜, 왜 그러는데? 금동이한테 무슨 일이라도 있는 거야?"

김윤찬, 진순남의 대화를 엿듣던 정직한이 물었다.

"아, 아무것도 아니에요. 제가 확인을 좀 해 봐야 할 게 있어서요."

"그래? 금동이 괜찮은 거지?"

"네네, 괜찮을 겁니다. 너무 걱정 마세요."

"교수님, 선배님하고 통화됐어요. 받아 보세요!"

잠시 후, 진순남이 자신의 핸드폰을 김윤찬에게 넘겨주었다.

"네, 연희병원 흉부외과 김윤찬입니다."

―어휴! 교수님이시군요! 방금 순남이 문자 받고 바로 연락드렸습니다. 교수님, 존경합니다! 제가 교수님이랑 이렇게 통화를 하게 될 줄은 꿈에도 몰라…….

"아, 네. 그건 그렇고 제가 몇 가지만 의무관님께 여쭤봐도 되겠습니까?"

―네네, 물론입니다. 말씀하십시오. 제가 아는 선에선 뭐든 말씀드리겠습니다.

확실히 김윤찬이라는 이름 석 자가 주는 무게감은 남달랐다.

"의무관님께서 신경성 위궤양이라고 말씀하신 건, 정확히 미란성 위·십이지장 궤양을 말씀하시는 겁니까?"

―아, 네. 그렇습니다!

"그렇게 진단하신 근거가 있으십니까?"

―아……. 그게 음, 실은 식도 쪽에 타는 듯한 통증을 호소하더라고요. 그게 보니까 위산이 역류해서 식도염도 좀 있는 것 같고…….

"같고? 그렇다면 다른 소견이 있었다는 겁니까?"

―네네. 식도염은 약을 처방해서 대충 멎은 것 같은데, 흉부 쪽에도 타는 듯한 통증을 호소하더라고요? 보통 위·십이지장 궤양이 있으면 그런 증세가 있는 걸로 알고 있거든요. 복통도 좀 있는 것 같아서 약을 처방했습니다.

"심전도나 심장 초음파 찍어 봤습니까?"

―네? 심전도요? 위내시경이 아니고요?? 게다가 우리 의무실에는 그런 기계가 없는데요?

심전도란 말에 의무관이 깜짝 놀라 목소리 톤을 높였다.

"네. 실례지만 제 소견으론 단순 위·십이지장 궤양이 아닌 것 같습니다."

―아, 네. 그게……. 십이지장 궤양이 아니면 뭘까요?

김윤찬의 진단에 당황한 의무관이 말을 더듬거렸다.

"네. 분명 단순 궤양은 아닐 겁니다. 지금이라도 빨리 심전도하고 심장 초음파를 찍어 봐야……."

바로 그때였다.

쾅! 웅성웅성.

―교, 교수님! 죄송하지만, 전화 끊어야 할 것 같습니다! 죄송합니다! 제가 조금 있다 다시 전화드리도록 할게요!

"여보세요? 의무관님! 지금 어떻게……."

뚜뚜뚜뚜.

김윤찬이 소리쳐 봤지만, 이미 전화는 끊어진 후였다.

"뭐야? 전화가 끊어졌는데? 대체 무슨 일이지?"

"전화가 끊어졌다고요?"

띠띠띠띠.

진순남이 김윤찬에게서 핸드폰을 건네받아 다시 의무관에게 전화를 걸었지만 응답이 없었다.

"교수님, 전화를 안 받는데요?"

"그래? 방금 상황을 보니, 응급 환자가 들어온 것 같은데…… . 설마??"

"아, 아닐 거예요. 교수님, 아닐 겁니다."

김윤찬이 진순남을 쳐다보자 진순남이 긴장된 표정으로 고개를 내저었다.

"김 교수, 지금 얘기가 어떻게 돌아가고 있는 거지? 무슨 일이야?"

술이 싹 깨는지 정직한이 정색을 하고 물었다.

"아, 네. 방금 금동이 건강에 관해서 의무관하고 통화하고 있었는데, 갑자기 전화가 끊어졌습니다. 응급 환자가 온 것 같은데."

김윤찬이 고개를 갸웃거렸다.

"그 응급 환자가 혹시 금동일지도 모른다는 건가?"

꿀꺽, 정직한이 마른침을 삼켜 넘겼다.

"아닐 겁니다. 노파심이겠죠. 아무튼 환자가 누구든 제가 좀 확인해 봤으면 좋겠네요."

여전히 찜찜함을 버릴 수 없는 김윤찬이었다.

"그럼 당연히 확인해 봐야지. 내가 바로 구치소장한테 전화해 보도록 할……."

정직한이 고개를 끄덕이며 주머니에서 핸드폰을 꺼내 들었다.

바로 그때였다.

띠리리리.

진순남의 핸드폰이 요동치기 시작했다.

구치소 의무관의 전화였다.

"서, 설마 아니겠죠? 교수님?"

액정에 뜬 번호를 확인한 진순남이 빛과 같은 속도로 김윤찬 쪽으로 시선을 옮겼다.

핸드폰을 들고 있던 진순남의 손이 마구 흔들렸다.

"뭐, 맞는다면 어쩔 수 없는 일이잖아. 어서 받아 봐!"

김윤찬이 얼른 전화를 받으라는 듯 손을 내저었다.

"네, 교수님!"

후우, 진순남이 마음을 가다듬으며 핸드폰 통화 버튼을 눌렀다.

"네, 선배. 저 진순남입니다."

전화를 받는 진순남의 목소리가 미세하게 흔들렸다.

―수, 순남아! 지금 이게 어떻게 된 일인지 모르겠다.

"금동이한테 무슨 일이 생긴 거군요!"

구치소 의무관의 목소리가 마구 떨렸고, 그 떨림에 진순남은 직감적으로 박금동에게 무슨 일이 생긴 것을 알아차렸다.

"뭐라고? 금동이가 왜?"

핸드폰 밖으로 새어 나오는 음성에 모든 사람이 자리에서 일어났다.

―어, 지금 의무실에 실려 왔는데, 상태가 심상치가 않아! 어, 어떡하지?

"왜요? 어디가 아픈 건데요?"

―그, 그걸 알면 내가 너한테 전화를 했겠니? 일단, 급하니까 거, 거기, 네 옆에 아직도 김윤찬 교수님 계시니?

"네? 교수님은 왜요?"

―아씨, 지금까지 무슨 말을 들은 거야? 내가 감당이 안 될 것 같은데…… 너무 급해서 너한테 전화했어. 계시면 얼른 바꿔 봐!

"대체 무슨 소리를 하시는 거예요? 선배님이 담당 의무관인데 모르신다는 게 말이 돼요!"

―몰라, 몰라! 그러니까 교수님 좀 바꾸라니까!

"전화 이리 줘 봐!"

옆에서 통화를 듣고 있던 김윤찬이 진순남의 전화를 뺏어 들었다.

"김윤찬입니다. 무슨 일입니까?"

―네, 교수님! 지금 박금동 씨가 의무실에 실려 왔는데, 등

쪽에 엄청난 고통을 호소하고 있습니다! 아무래도 단순 타박상 같지는 않은데 어쩌죠?

하아, 내가 한발 늦었어! 아까 금동이 봤을 때, 확신했어야 했는데!

"맥박은요? 맥박 확인해 보셨습니까?"

-네. 확인해 봤는데, 맥박도 널뜁니다. 분당 180까지 치솟고 있어요! 발작성 빈맥인 것 같습니다.

발작성 빈맥이라면, 젠장, 역시 그게 맞았던 거야!

"그 밖에는요? 다른 증세를 말씀해 보세요!"

다급해졌는지 김윤찬의 목소리도 빨라지기 시작했다.

-호흡 불안정하고 산소 포화도 추락합니다! 어쩌죠?? 저혈압이 심한데? 혈압 계속 떨어집니다. 저 너무 겁나요, 교수님! 어떡하죠??

겁에 잔뜩 질려 말을 더듬는 의무관이었다.

"의무관님! 침착하셔야 합니다. 100% 확신할 순 없지만 박금동은 다이섹(대동맥 박리)이 의심됩니다."

-네?? 대동맥 박리요? 그, 그러면 어떡합니까? 다이섹이면 초응급 상황인데, 제가 어떻게 할 수가 없어요!

"괜찮습니다. 아직 시간은 충분해요. 그러니까 당황하지 마시고 침착하시라는 겁니다."

-네, 네. 알겠습니다. 그럼 제가 어떻게 해야 하는 건가요?

"제가 지금 당장 갈 테니까, 아무것도 하지 마세요! 아무것도요! 절대로 환자 건드려서는 안 됩니다."

―하아, 아, 알겠습니다! 일단 호흡이 불안정하니까 앰부만 적용토록 하겠습니다!

"네, 그렇게 해 주세요."

―교수님! 제발, 빨리 오십시오. 제발! 저 아주 죽을 맛입니다. 이 환자 제가 어떻게 해 볼 도리가 없어요!

의무관의 목소리가 애가 타는지 갈라져 나왔다.

"잠시만 기다리고 계세요. 체온 떨어지지 않도록 모포 덮어 주시고, 절대로 아무 약이나 쓰지 마십시오. 오로지 앰부만 짜 주셔야 합니다."

―네네, 명심하겠습니다.

"그리고 전화기 열어 놓으세요. 제가 수시로 전화드리겠습니다. 특이 사항 있으면 바로 전화 주시고요!"

―아, 알겠습니다. 그렇게 하겠습니다.

"형님! 아무래도 제가 의무실로 가 봐야 할 것 같습니다. 금동이가 아무래도 위험한 것 같아요!"

의무관과 통화를 마친 김윤찬이 주섬주섬 옷을 챙겨입었다.

"뭐라고?? 야, 거긴 호텔이 아니야. 구치소라고! 그렇게 맘대로 들어가고 싶다고 들어가는 곳이 아니야."

정직한이 자리에서 벌떡 일어났다.

"압니다, 형님! 하지만 지금 상황이 너무 심각해요. 이대로 놔두면 금동이 생명을 장담할 수 없다고요. 어떻게든 제가 들어갈 수 있도록 해 주세요!"

"아, 알았어. 잠깐만 기다려 봐. 내가 구치소장한테 전화해 볼게."

"반드시 들어가야 합니다. 지금 거기 있는 의무관 가지고는 아무것도 할 수 없어요. 빨리 조치를 취해야 합니다."

"아, 알았어. 바로 연락해 볼게."

"네, 부탁드려요!"

"여보세요? 나, 정직한이야."

정직한이 곧바로 핸드폰을 꺼내, 구치소장에게 전화를 걸었다.

─네. 형님! 잘 들어가셨습…….

"아니, 아니, 지금 들어가고 자시고가 중요한 게 아니고, 내가 지금 너한테 부탁 하나만, 아니 지금 당장 김윤찬 교수를 의무실로 데리고 가야겠어!"

─갑자기 그게 무슨 말씀입니까? 누굴 데리고 어딜 들어가요?

"아씨, 지금 길게 설명할 시간 없어. 그러니까 무조건이야. 무조건!"

─하아, 미치겠네? 무슨 일인지 알아야 제가 뭘 하든 하죠!

"야, 지금 당장 의무실에 전화해 보면 알 거 아냐! 너 구치소 수감자 사망하면 어떻게 되는지 몰라서 그래?"

─사, 사망요? 누가요?

"그러니까 빨리 전화해 보라고! 아무튼 지금 김윤찬 교수 데리고 들어갈 거니까 문 열어 놔! 알았어? 옷 벗고 싶지 않으면!"

─아, 알았어요. 일단 의무실에 전화해 보겠습니다.

띠리리리.

─형님! 정문에 연락해 뒀습니다. 지금 바로 들어오시면 됩니다!

곧바로 구치소장에게 전화가 왔고, 김윤찬의 교도소 출입을 허락했다.

"교수님! 저랑 같이 들어가세요!"

김윤찬이 곧바로 튀어 나가려 하자, 진순남이 그의 팔목을 잡았다.

"아냐. 네가 해결할 수 있는 일이 아니야."

"아뇨! 교수님은 더 안 되십니다. 지금 음주하셨잖아요! 의사가 음주한 상태에서 환자를 볼 수는 없는 겁니다! 그러니 제가 같이 들어가겠습니다!"

"하아, 그래. 일단 그렇게 하자. 얼른 차부터 빼놔라."

"알겠습니다."

그렇게 김윤찬과 진순남이 차에 올라타 구치소로 향했다.

구치소 의무실.

하악하악, 거친 숨을 몰아쉬며 엄청난 고통을 호소하고 있는 박금동. 의무실로 들어갔더니 박금동이 식은땀을 흘리며 사경을 헤매고 있었다.

"선배님, 혈압강하제 있죠?"

의무실로 들어가자마자 진순남의 입에서 혈압강하제라는 말이 나오자, 김윤찬이 걸음을 멈추고 그의 행동을 지켜보았다.

"뭐, 뭐라고?? 지금 무슨 소리를 하는 거야? 지금 환자 혈압이 꼴아 박고 있는데, 혈압을 더 떨어뜨리겠다는 거야?"

"선배님, 금동이 저혈압 아닙니다. 다이섹으로 인해 Upper Limbs가 먹혀서 양팔의 혈압 차이가 생긴 겁니다. 지금은 오히려 혈압을 떨어뜨려야 해요!"

"……."

다이섹을 정확하게 파악하고 있는 진순남이었다. 어차피 자신이 진료를 할 수 없는 상황. 여차하면 의사직을 걸고라도 나설 생각이었던 김윤찬이었지만, 진순남의 진단이 너무나 정확했기에 김윤찬은 좀 더 지켜보기로 했다.

"그래? 확실해?"

여전히 진순남을 믿을 수 없었는지 의무관이 눈을 깜박거렸다.

"의무관님, 진순남이 하자는 대로 해 주세요! 제가 지금 환자를 볼 수 있는 상황이 못 되니, 지금부터 모든 처치는 진순남 선생이 하는 것이 좋겠습니다."

그러자 김윤찬이 중간에 끼어들었다.

"아, 네. 알겠습니다."

국내 최고의 흉부외과 써전의 말이니 그대로 따르지 않을 수 없는 의무관이었다.

"선배님, 그냥 혈압강하제가 아니라 맥박을 감소시킬 수 있는 게 중요합니다. 칼슘 채널 차단제로 주세요. 딜티아젬(diltiazem), 암로디핀(amlodipine)이 좋겠네요."

대동맥 박리의 응급조치로는 혈압을 떨어뜨림과 동시에 맥박을 느리게 뛰게 하는 것이 중요했다.

맥박이 느리면, 진행되고 있던 박리가 상대적으로 느려지기 때문이었다.

칼슘은 맥박을 빨리 뛰게 하는 효과가 있어, 칼슘을 차단해 주는 것이 무엇보다 중요했다.

급박한 상황이었음에도 불구하고 진순남의 진단은 정확했고, 그에 따른 처방 역시 매우 훌륭했다.

"아, 알았어. 암로디핀이라면 있는 것 같으니까 찾아볼게."

진순남의 오더를 받은 의무관이 의료함을 뒤적거리기 시

작했다.

순남이 녀석 제법이구나! 여기는 순남이한테 맡겨도 되겠어.

"순남아! 아무래도 금동이는 빨리 병원으로 후송하는 것이 좋겠어. 일단 응급조치는 순남이 네가 맡아서 해. 난 곧바로 구치소 쪽이랑 협의를 해 볼 테니까."

"네, 교수님! 교수님 말씀대로 금동이는 대동맥 박리가 맞는 것 같습니다! 빨리 병원으로 옮겨서 수술을 받아야 할 것 같아요."

"그래. 아무튼 금동이 상태 잘 살펴보고, 무슨 일 생기면 바로 나한테 전화하거라."

"네, 알겠습니다!"

💜

구치소장실.

그렇게 김윤찬이 박금동의 처치를 진순남에게 맡겨 놓고는 이송 협의를 하기 위해 정직한과 함께 주상근 구치소장을 찾아왔다.

"이봐, 주상근! 지금 환자가 죽어 가고 있다잖아? 지금 이렇게 한가하게 있을 시간이 없다고!"

구치소에 수감돼 있는 수형자를 일반 병원으로 이송하는

건 생각보다 쉬운 일이 아니었다.

"우리도 의료 시설을 갖춰져 있는지라 이게 쉽게 결정할 일이 아닙니다."

구치소장의 입장에선 난감한 일이 아닐 수 없었다.

"대동맥 박리는 시간 싸움입니다. 부탁드립니다, 소장님!"

김윤찬이 애타는 마음으로 간절하게 구치소장에게 부탁했다.

"저도 사정은 잘 알지만, 우리도 절차라는 것이 있고 담당 의무관과 치료 거실도 있습니다. 또 우리 구치소와 연계된 병원도 있어요! 절차를 따라야 합니다."

"절차는 무슨! 당장 죽을지도 모르는 병이라잖아! 그런데 이런저런 절차를 따질 시간이 어딨어? 어? 지금도 이렇게 시간을 허비하고 있잖아?"

흥분한 정직한이 목소리 톤을 높였다.

"그러니까, 협력 병원에 연락해 둔 것 아닙니까? 조만간 담당 의사가 올 테니까 그때까지만 기다려 주세요, 제발! 저도 지금 난처합니다, 형님!"

구치소장이 난색을 표하며 정직한의 시선을 외면했다.

"대동맥 박리는 시간당 사망률이 1%씩 증가하는 무서운 병입니다. 게다가 전문적인 경험을 가진 흉부외과 써전이 아니라면, 온다 해도 아무런 의미가 없습니다."

"그래도 어쩔 수 없는 일입니다! 구치소에도 엄연히 원칙이라는 것이 있어요!"

좀처럼 구치소장이 고집을 꺾지 않으려 했다.

"지금 당장 이송해 수술하지 않으면, 환자가 매우 위험해집니다. 부탁입니다. 바로 이송할 수 있도록 조치를 취해 주십시오."

"안 됩니다. 곧 도착할 시간이 됐으니, 담당 의사로부터 최종 답변을 받고 이송하더라도 이송시키겠습니다!"

"너, 정말 이럴래?"

주 구치소장이 고집을 피우자 정직한이 더 이상 참지 못하고 소리를 질렀다.

"안 된다면 안 되는 겁니다! 저는 이 구치소의 소장으로서 원칙을 지킬 수밖에 없어요!"

주 구치소장은 절대로 자신의 고집을 꺾을 생각이 없어 보였다.

"너, 나랑 같이 지낸 세월이 얼마나 됐지?"

주 구치소장의 완강한 태도에 정직한이 표정을 바꿔 날카롭게 응시했다.

"흠, 갑자기 그 얘기는 왜 꺼내시는 겁니까? 선배님이 아무리 그러셔도 안 되는 건 안 되는 겁니다."

"그래. 내가 뭐 인정에 호소하자고 이러는 게 아냐. 너나 나나 교도소 밥 20년도 넘게 먹었는데, 척 보면 척 아니냐?"

"그게 무슨 말씀입니까?"

"아니, 뭐 내가 이곳에 온 지 한 반나절 됐던가? 그런데 자주 보여서는 안 될 것들이 보여서 말이야?"

정직한이 몇 걸음 걸어 주 구치소장에게 다가가더니, 양손으로 그의 어깨를 짚었다.

"뭘 말씀하시는 겁니까?"

"CRPT(기동 순찰대) 애들 말이야."

"네??"

기동 순찰대라는 말에 주 구치소장이 자리에서 벌떡 일어났다.

"뭘 그렇게 놀라? 문제가 생기면 순찰대 애들이 출동하는 거야 다반사인데, 안 그래?"

"그, 그렇죠. 재소자 간에 약간의 문제가 있어서 출동했습니다."

"아! 그 애들이 CRPT 애들이 맞긴 맞구나?"

"네?"

"하하하, 뭘 그렇게 놀란 토끼처럼 자주 놀라? 너 심장이 좀 안 좋냐? 여기 심장 전문가도 있는데, 좀 봐 드리라고 할까?"

정직한이 김윤찬을 보며 한쪽 눈을 찡그렸다.

"네네. 뭐, 선배님의 말씀대로 문제가 있어서 CRPT가 출동한 건 이상한 게 아니잖아요?"

"그렇지. 이상한 건 분명 아니지. 근데 너희 구치소라면 좀 문제가 될 수 있지 않겠냐?"

"네? '너희 구치소라면'이라뇨? 그게 무슨 말씀입니까?"

"아니, 아니. 너희 구치소가 제소자 인권유린으로 유명한 곳 아니냐. 아마 지난달에도 지적장애인 수용자 폭력 건이 있었던 것 같은데?"

"무, 무슨 말씀을 하시는 겁니까?"

그제야 주 소장의 표정이 바뀌는 것 같았다.

"지문이 잘 안 찍힌다는 이유로 제소자에게 무자비하게 린치를 가해? 대체 CCTV 사각지대 방이 몇 개냐?"

"무, 무슨 말도 안 되는 소릴 하시는 겁니까?"

그러자 주 소장이 발끈하며 자리에서 일어났다.

"내가 말했지, 교도소 밥만 20년 넘게 처먹었다고? 서당 개 3년이면 풍월을 읽다 못해 방언을 터뜨린다고 했다. 어디 한번 법무부 감찰단에 쑤셔 넣어 봐?"

정직한이 눈을 부라리며 주 소장을 노려봤다.

"지, 지금 절 협박하시는 건가요?"

"협박? 잘 들어. 지금 난 그저 팩트 체크하는 것일 뿐이야. 협박하려면 해도 벌써 했어, 새꺄! 지금부터 내 말 잘 들어. 너, 법무부 시정 사항을 하나도 지키지 않고 있잖아?"

"그, 그게 무슨 소립니까?"

"발뺌할 생각이라면 내가 알려 주지. 첫 번째, 사각지대

내 CCTV 설치 위반! 두 번째, 기동 순찰대 명찰 패용 위반! 아니야?"

"그, 그건……."

정직한의 말에 주 소장이 당황하기 시작했다.

"지금 당장 상주 인권위원들 소집해 보지, 얼른?"

"아, 아니 형님. 지금 왜 이러시는 겁니까?"

"불러오라고, 인권위원들! 지금 당장!"

"하아……. 형님!"

"형님이라고 부르지도 마, 나쁜 새끼야! 인권위원은 개뿔! 여기에 그런 사람 없지? 아니지, 애초에 선임해 쓰지도 않았으니까, 존재할 이유가 없었겠지? 지금 당장 법무부에 고발할까? 나 법무부 감찰반 직통 번호 가지고 있거든?"

"하아, 형님 진정하세요. 우리 사이에 왜 자꾸 이러십니까? 외부인도 계신데."

정직한이 핸드폰을 꺼내 들자, 화들짝 놀란 주 소장이 그의 팔을 잡고 매달렸다. 주 소장이 김윤찬의 눈치를 보며 애원하기 시작했다.

"그러니까 지금 당장, 박금동 제소자 이송 절차 승인하라고! 국내 최고의 전문의가 초응급 환자라고 확인시켜 줬는데, 그런 위급한 환자를 그냥 놔둔다고? 너 이거 인권유린 차원을 떠나 살인미수야, 인마!"

"아, 알았습니다. 알았어요. 곧바로 이송할 수 있도록 바로 조치를 취해 두겠습니다!"

좀 전과는 180도 다른 태도의 주 소장. 반찬 집어 먹다 주
인한테 걸린 강아지처럼 꼬리를 내렸다.

"빨리! 아까 우리 김 교수 말 못 들었어? 시간과의 싸움이
라고 하잖아! 빨리 움직이라고!"

"네네, 알겠습니다. 최대한 빨리 이송할 수 있도록 조치를
취하겠습니다!"

띠띠띠띠.

"의무실! 나 소장이야! 지금 박금동 환자……."

주 소장이 허겁지겁 의무실에 전화를 걸어 환자 이송을 명
령했다.

"윤찬아, 너도 빨리 움직여야지. 응?"

정직한이 김윤찬을 보며 고개를 끄덕였다.

"네, 형님! 그러면 전 금동이랑 같이 병원으로 들어갈게
요."

"그래. 우리 금동이 잘 부탁한다! 이제 믿는 건 너뿐이야."

"네, 최선을 다하겠습니다. 수술 끝나고 연락드릴게요."

"그래. 먼저 가."

툭툭, 정직한이 김윤찬의 어깨를 두드려 주었다.

그렇게 정직한의 도움으로 박금동은 연희대 부속병원으로
응급 이송될 수 있었다.

연희대 부속병원으로 이송한 박금동.

김윤찬, 이택진이 함께 있는 연희대 흉부외과의 대동맥 박리 수술 성공률은 98%로 경이로웠다.

워낙 대동맥 박리 수술이 유명하다 보니, 쇼크 상태에서 임박해 입원하는 환자가 많았음에도 불구하고 성공률은 오히려 지난 5년 전에 비해 10% 이상 향상된 수치였다.

게다가 수술 시간까지 평균 281분에서 189분으로 단축. 체외 순환기 사용 시간을 극적으로 낮춤으로써 수술 부작용도 최소화할 수 있었다.

대동맥 수술 관련해서 김윤찬 수술팀을 따라잡을 팀은 최소한 국내에는 존재하지 않았다. 당연히 박금동의 수술 또한, 완벽한 성공이었다.

며칠 후, 박금동 입원실.

수술을 마치고 중환자실로 이송했던 박금동은 빠른 회복 속도를 보이며 일반 병실로 옮겨질 수 있었다.

"금동아, 컨디션은 괜찮아?"

박금동의 담당은 진순남이었다.

"응, 괜찮아."

박금동이 고개를 끄덕였다.

"하마터면 큰일 날 뻔했어, 이 멍충아! 몸이 그렇게 안 좋으면 병원엘 왔어야지, 왜 그렇게 무식하게 버텨?"

"버틸 만했어. 우리 같은 사람이 어디 병원 가기가 쉬워? 그냥 죽을 만큼 아니면 버티는 거지."

"야!"

"버티다 보면 그것도 인이 박여서 버텨져. 그나마 하느님이 공평하셔서 그런 참을성은 주신 것 같거든."

"⋯⋯."

눈시울이 붉어지는 진순남.

그런 박금동을 보며 그저 손을 잡아 줄 뿐, 진순남은 아무 말도 할 수 없었다.

"사람 죽이는 날림(소매치기용 칼)이나 쓰던 내가 이제는 사람 살리는 메스를 쥘 줄은 누가 알았겠니? 그러니까 우리 힘내자. 응?"

"순남아, 너 진짜 내가 범인이 아니라고 생각해?"

"그럼, 당연하지."

"무슨 근거로 그렇게 자신하는데?"

"당연히 근거 있지!"

그 순간, 김윤찬이 병실 안으로 들어왔다.

"어? 교수님!"

"그냥 누워 있어. 무리하지 말고!"

"네, 교수님."

김윤찬이 자리에서 일어나려는 박금동의 어깨를 지그시 눌렀다.

"근거 있냐고 했냐? 근거 있지. 바로 네 옆에 서 있는 진순남이 근거야. 널 보면 순남일 볼 수 있고, 순남일 보면 널 알 수 있거든."

"교수님!"

박금동의 눈에 눈물이 글썽거렸다.

"이번 일은 내가 알아서 처리할 테니까, 아무 걱정 말고 병원에서 치료에 집중하거라."

"가, 감사합니다."

가슴이 벅찼는지 박금동이 울먹거리며 고개를 끄덕였다.

"그리고 괜히 버티지도 말거라. 아프면 아프다고 하고, 힘들면 힘들다고 말하는 거야. 사람은 언제나 그러는 거니까."

"흑흑흑, 교수님! 저, 진짜 제가 한 짓 아니에요! 전 아무 잘못도 없는데, 경찰들이 제 말을 믿어 주지 않았어요! 너무 억울해요, 교수님! 아무도 제 말을 들어 주지 않았어요."

엉엉엉, 설움이 북받치는 듯 박금동이 마침내 목놓아 울기 시작했다.

"알아. 내가 알고 네 옆에 있는 순남이가 알잖니?"

토닥토닥, 김윤찬이 박금동을 부드럽게 안아 등을 두드려 주었다.

"흑흑흑, 힘들었어요! 정말 너무 힘들었어요. 세상에 저

혼자뿐인 것 같았어요."

박금동이 어깨를 들썩이며 흐느꼈다.

"아니야. 넌 아무도 없다고 생각하지만, 네 주위엔 생각보다 널 도와줄 사람들이 많아. 힘들 땐 그 사람들한테 기대보렴."

"흑흑흑, 교수님!"

바로 그때였다.

"야! 박금동!"

김창호가 병실 문을 열고 안으로 들어왔다.

"인마! 네가 왜 세상에 혼자야? 그럼 우린 뭐가 되냐, 이놈아!"

그리고 뒤이어 정직한, 김형돈, 그리고 범식 아재까지.

그 옛날 교도소 시절 인연을 맺었던 합창단원들이 줄지어 안으로 들어왔다.

"어? 어? 창호야! 형돈 형? 범식 아재!!"

오랜만에 만난 반가운 얼굴들. 그들의 모습을 보자, 박금동이 벌린 입을 다물지 못했다.

"큭큭큭, 그래 금동아! 우리 금동이 많이 컸네?"

범식 아재가 다가와 박금동의 얼굴을 매만져 주었다.

"소식을 너무 늦게 들어서 미안하구나. 우리 금동이 엄청 보고 싶었는데."

"저도요! 아저씨 엄청 보고 싶었다구요! 그 감미로운 목소리를 어떻게 잊을 수가 있겠어요? 그나저나 따님은 괜찮으신 거죠??"

"그럼, 그럼. 전부 여기 계신 분 덕분에 건강해. 공부도 잘해서 지금 미국에 공부하러 가 있단다. 우리 김윤찬 교수님이 신경……."

"쉿!"

범식 아재가 말을 꺼내자, 김윤찬이 찡긋거리며 고개를 내저었다.

"하하하, 아무튼 오늘 여러분들 전부 만나니, 너무너무 반갑네요!"

"그러게? 강민우 로커만 있으면 완전 100% 출석인데, 고거 참 아쉽구먼."

정직한이 고개를 갸웃거리며 입맛을 다셨다.

띠리리리.

바로 그때였다.

진순남의 핸드폰 진동이 울렸다.

"큭큭큭, 역시 강민우 로커님도 양반 되긴 틀렸나 보네요! 바로 전화 오는 것 봐요."

진순남이 핸드폰을 내보이며 피식거렸다.

"강민우 로커야??"

"네네. 아마도 금동이랑 통화하고 싶은 거겠죠? 금동아! 네가 받아."

"아, 알았어."

ㅡ야! 박금동!

박금동이 전화를 받자마자 강민우의 우렁찬 목소리가 수화기 밖으로 튀어나왔다.

그렇게 그 옛날 경촌교도소 합창단원들이 전부 한자리에 모일 수 있었다.

"금동아!"

그리고 마지막 한 사람. 합창단원의 노래 선생이자 김윤찬의 회귀 전 아내이기도 했던 이미연.

"누나!!"

이미연의 모습이 보이자, 진순남, 김창호가 그녀에게로 달려갔다.

"다들 잘 있었니?"

"그럼요!! 누나는 하나도 안 변했다! 와! 예전 그대로 같아요."

진순남이 이미연을 보며 호들갑을 떨었다.

"안 변하긴! 우리 큰애가 벌써 초등학교 5학년이란다."

"와! 미쳤다. 벌써요?"

"호호호, 그래. 김 교수님! 오랜만이에요. 그동안 잘 지내셨어요?"

이미연이 김윤찬을 보며, 방긋 웃었다.

그리고 한 달 후, 마동수와 김윤찬의 노력으로 박금동은 소매치기 혐의를 벗을 수 있었다.

"동수 씨, 고생했어요."

─고생은 무슨요? 죄 없는 사람을 그렇게 함부로 가둬 놓는다는 게 말이 됩니까? 아무튼 박금동 군한테 누명 씌운 것들, 그리고 돈 몇 푼 집어 처먹고 눈감아 준 쓰레기 같은 것들, 전부 잡아 처넣을 것 같으니까 아무 걱정 마십시오.

"진짜 쉽지 않았을 텐데, 너무 감사해요. 동수 씨 없었으면 어림도 없는 일이었을 거예요."

─이런 일이라면 언제든지 연락 주십시오, 교수님! 저 이런 일 해결하면서 쾌감을 느끼는 관심 종자니까요.

"하하하, 그렇습니까? 앞으로는 이런 부탁 할 일이 없어야죠."

─하하하, 그렇긴 하군요! 아무튼 조만간 찾아뵐 테니, 쐬주 한잔 하시죠?

"좋습니다. 가뜩이나 독수공방하는데, 소주만큼 위안을 주는 게 또 있을까요?"

─좋습니다. 조만간 찾아뵙겠습니다.

띠리리리.

마동수와의 통화를 마치자, 곧바로 윤미순 이사장에게 전화가 왔다.

"김윤찬입니다."

—김 교수, 시간 되시면 지금 제 방으로 올라오시겠습니까?

자신의 방으로 오라는 윤미순 이사장의 호출이었다.

복마전

윤미순 이사장 집무실.

"김 교수, 어떻게, 마음의 결정은 하신 겁니까?"

이번 연희병원 원장 선거 입후보를 말하는 듯했다.

윤미순 이사장이 다그치듯 물었다.

"아, 조금만 더 시간을 주십시오. 아직 결정하지 못했습니다."

"결정을 못 했다는 건, 자신이 없어서인가요?"

"네, 자신이 없습니다."

"하아, 이거 실망인데요? 김윤찬 교수가 이토록 야망이 없던 분이셨던가요?"

윤미순 이사장의 눈빛에 실망감이 가득 담겨 있었다.

"병원장 자리가 출세를 가리키는 거라면 사양하겠습니다. 전 의사지 사업가가 아니니까요."

"호호호, 누가 그럽디까? 원장은 사업가 아니야. 사업은 내가 하는 거지."

"그렇다면 더욱더 사양해야겠군요. 저보고 이사장님의 꼭두각시가 되라는 말로 들리니까요."

"하여간, 김 교수님은 그냥 넘어가는 법이 없군요! 왜 그렇게 뾰족하십니까?"

윤미순 이사장이 코끝을 찡그리며 손사래를 쳤다.

"살다 보니 뾰족해야 그나마 사람들이 무시하지 않더군요. '둥글둥글하게 살라'라는 말은 다 옛말이더라고요."

"그렇습니까? 그러면 제가 약속해 드리면 되지 않겠어요? 김 교수가 원장 자리에 앉으면 저는 일절 병원 경영에 관여하지 않기로요. 어떻습니까, 이 정도면?"

"뭐. 그렇다면 좀 더 심사숙고해 보도록 하죠."

"호호호. 뭘 그렇게 새침하세요? 문서로 남겨 달라면 남겨 드리겠어요."

드르륵, 윤미순 이사장이 서랍을 여는 시늉을 했다.

"됐습니다. 아무튼 쉽게 내릴 수 있는 결정이 아니니, 좀 더 시간을 주십시오."

"음, 이제 곧 후보 등록 기간이에요. 서두르셔야 할 텐데요?? 추천인 서명도 받아야 할 테고?"

윤미순 이사장은 지금 김윤찬의 출마에 대해 강요 아닌 강요를 하는 듯했다.

"추천인 도장 받는 건, 반나절이면 충분할 것 같군요."

"호호호, 그 말은 출마에 관심이 있다는 것으로 해석해도 되나요?"

윤미순 이사장이 한쪽 다리를 꼰 채, 알 수 없는 미소를 지었다.

"글쎄요. 하늘의 뜻이라면 따라야겠지요."

"하늘의 뜻이라⋯⋯. 그럼요! 의사 일을 시작했으면 이 정도 꿈은 가져야 하지 않겠습니까? 연희병원 최고의 수장이 되는 것은 정말 멋진 일이 될 테니까요."

후후후, 하늘의 뜻이 고작 원장 자리였던가?

"그렇군요. 아무튼 조금만 더 시간을 주시면 심사숙고해 보겠습니다."

"그래요. 나도 김윤찬 교수가 긍정적으로 생각하는 줄로 알고 있겠어요. 난 언제나 김 교수님 편이라는 걸 잊지 말아 주길 바라요. 항상 응원할게요, 파이팅!"

"네, 조만간 연락드리겠습니다."

윤미순 이사장은 의사가 아니라 장사꾼이다.

고로 그녀는 사람을 치료하는 것이 아니라, 장사를 해서 이윤을 남기는 것이 최종 목표일 수밖에 없다.

그렇다면, 나 역시 이윤을 창출하는 도구라고 생각할 것.

결국, 도구라는 건 쓸모가 없어지면 버려지기 마련이다.

그 옛날 CD 플레이어가, 폴라로이드 카메라가, 삐삐가 그랬던 것처럼.

하지만 난, 기꺼이 윤미순의 도구가 되어 주려 한다.

그녀의 폴라로이드 카메라가 되어 주고 삐삐가 되어 줄 것이다.

언젠가는 디지털카메라가, 핸드폰이 나올 걸 알고 있기 때문에.

모르고 방심한다면 그저 낡아 빠진 도구가 될지 모르지만, 안다면, 알고 있다면, 그래서 대비할 수 있다면 그건 아무것도 아니기 때문이다.

난, 이번 연희병원 병원장 선거에 출마할 것이다!

고함 교수 연구실.

연희병원 병원장 출마를 결심한 김윤찬이 고함 교수 연구실을 찾아왔다.

"어서 와, 김 교수."

"네, 교수님."

"앉지."

"교수님께 상의드릴 일이 있어서 찾아왔습니다."

"후후후, 표정을 보아하니 상의가 아니라 통보를 하려는 것 같은데?"

털썩, 고함 교수가 자리에 몸을 내던지듯 앉았다. 이미 김윤찬이 마음의 결심을 마친 것을 눈치챈 모양이었다.

"네. 이번 연희병원 병원장 선거에 출마를 하려고 합니다."

"그래, 네가 그렇게 결정했다면 그렇게 하는 거지."

김윤찬의 말에 걱정스러운 표정을 감추지 못하는 고함 교수였다.

"걱정되십니까?"

그런 고함 교수의 표정을 놓칠 리 없는 김윤찬.

"음, 걱정이라기보다는 좀 두렵구나."

"두렵다뇨?"

"윤미순 이사장이나 윤장현 부원장이나, 그 사람들은 장사꾼이야. 그런 장사꾼들과 네가 섞이는 것이 영 탐탁치가 않아. 결국 네가 나서게 되면, 진흙탕 같은 복마전이 될 가능성이 커. 네가 상처받을까 봐 두렵구나."

고함 교수의 걱정은 합리적이었다.

본격적으로 선거전에 돌입하면 온갖 중상모략이 난무할 것이고, 상대적으로 기반이 약한 김윤찬은 지독한 공격을 받을 것이 틀림없었다.

자칫 이 싸움에서 질 경우, 김윤찬이 받을 고통이 걱정스러운 고함 교수였다.

"아무것도 가진 것 없는 제가 이 정도까지 왔으면 성공한 것 아닙니까? 전 잃을 것이 없어요. 제가 하고 싶은 건 다 했습니다. 지금부터는 그저 덤인 삶인걸요?"

"그래, 뭐. 네가 그렇게 생각한다면 나 역시 할 말은 없다만, 난 여전히 네가 의사로 남아 있었으면 하는 바람이야."

"네, 교수님의 뜻이 무엇인지는 정확히 알고 있습니다. 제가 처음 교수님을 뵙던 날, 그날 가졌던 마음 절대로 잊지 않겠습니다."

"그래. 난 언제나 윤찬이 널 믿는다. 이왕 이렇게 된 거, 천장 한번 뚫어 보려무나."

"감사합니다."

"음, 내가 알기론 추천장이 필요하다던데, 나도 몇 장 거들어 주마. 이래 보여도 아직 고함이란 이름 두 자면 되는 게 꽤 많아. 나 아직 안 죽었다?"

"하하하, 그럼요. 감사합니다. 사양하지 않겠습니다."

"그래그래, 네가 어련히 알아서 잘하려고. 그나저나 노파심에 내가 뭐 하나만 물어봐도 되겠니?"

"네, 말씀하십시오."

"내가 너한테 칼 한 자루 쥐여 주려고 해. 그 칼을 가지고 있는 사람이 곧 입국할 거다."

"칼이요?"

"그래. 이 칼을 휘두르든 꺾어 버리든 그건 네 자유다."

고함 교수가 김윤찬을 보며 눈을 빛냈다.

💔

윤장현 부원장실.

김윤찬의 병원장 출마 소식을 접한 한상훈 과장이 바빠지기 시작했다.

한상훈은 곧바로 윤장현 부위원장을 찾아갔다.

"소식 들으셨습니까?"

한상훈 과장이 상기된 표정으로 윤장현을 쳐다봤다.

"네, 들었습니다. 우리 축구팀이 일본을 3 대 0으로 발라 버렸더라고요? 방금 수술을 마치고 나오면서 들었습니다."

"아, 아직 소식을 못 들으셨나 보군요."

"그거 말고 더 큰 소식이 있습니까? 지난번 패배를 이번에 말끔하게 설욕했다던데?"

윤장현 부원장이 모른 척 시치미를 뗐다.

"그게 아니고……. 아직 소식을 못 들으신 것 같은데. 김윤찬 교수가 이번 병원장 선거에 출마한다는 소식입니다, 부위원장님!"

"아, 그렇습니까?"

윤장현이 대수롭지 않은 듯 고개를 끄덕거렸다.

"하아, 이거 골치 아프게 되어 버렸는데요?"

한상훈 과장이 난처한 표정을 지으며 고개를 갸웃거렸다.

"왜요? 흉부외과 입장에선 경사가 아닙니까? 한 과장님은 흉부외과 수장으로서 기뻐해야 하는 일 아닌가요?"

윤장현 부원장이 눈매를 좁히며 의심의 눈초리를 보냈다.

"그런 말씀이 어디 있습니까? 역대 연희병원 원장 자리에 타 학교 출신이 임명된 적이 없잖습니까? 이건, 연희병원의 정통성을 훼손하는 매우 중대한 사안입니다!"

한상훈 과장이 목에 핏대를 세우며 목소리 톤을 높였다.

"그런가요? 한상훈 과장님은 이미 김윤찬 교수가 당선이라도 된 듯 말씀하십니다? 좀 섭섭한데요?"

"아! 그, 그게 아니라, 김윤찬이 병원장 선거에 출마한다는 것 자체가 말이 안 된다는 거죠. 감히 이 자리가 어떤 자린데, 그런 근본 없는 자가 출마를 한답디까?"

"근본이 없기는 저 역시 마찬가지 아닙니까? 나도 이 대학 출신이 아니거든요?"

"아니죠. 그건 좀 다르죠. 부원장님이야 우리 연희병원의 적통 아니십니까? 그 자격을 따진다면 당연히 최우선이십니다!"

"하하하, 그렇습니까? 그러면 한 과장님이 저를 도와주시겠습니까?"

"두말하면 잔소리입니다. 어디 감히 김윤찬 따위가 원장 자리를 넘봅니까? 언감생심, 말도 안 되는 소리죠."

"그러네요. 한상훈 과장님처럼 명성이 높으신 분이 도와주신다면 저한테도 승산이 있겠군요?"

한상훈 과장의 흥분한 모습을 마치 즐기듯 감상하는 윤장현 부원장이었다.

"네. 최선을 다해서 부원장님이 승리하실 수 있도록 온 힘을 기울이도록 하겠습니다."

"김윤찬 교수는 같은 과 식구인데, 정말 괜찮으시겠어요?"

"글쎄요? 언제 김윤찬 교수가 저와 한 식구였습니까?"

한상훈 교수가 비웃듯 한쪽 입꼬리를 말아 올렸다.

"그런가요? 좋습니다. 그러면 전 우리 한 과장님만 믿겠습니다?"

"네네, 아무 걱정 마십시오. 이미 이번 선거판은 기울어진 운동장입니다. 김윤찬이 아무리 발버둥 치더라도 부원장님의 권위에 도전할 순 없죠. 암요! 절대로 그래선 안 되고요. 제가 온 힘을 다해 그런 말도 안 되는 불상사를 막아 낼 겁니다."

한상훈 과장이 양손을 불끈 쥐며 몸을 부르르 떨었다.

"이 정도 자신을 보이시는 걸 보면 한상훈 과장님한테 필승 카드가 있는가 봅니다?"

"있죠. 두고 보시면 아십니다. 애초에 김윤찬이 헛된 망상을 못 하도록 하면 될 것 아닙니까?"

"헛된 망상을 못 하게 한다고요?"

"그렇습니다. 병원장 선거에 출마하기 위해서는 우리 병원 교수급으로 30명의 추천을 받아야 하는 걸로 압니다. 과연 그게 적은 숫자일까요?"

한상훈 과장이 윤장현을 바라보며 비릿한 미소를 띠었다.

"정 교수, 그게 무슨 소리야?
추천서를 못 써 주겠다니?"

진단의학과 정진수 교수가 이택진이 내민 추천서를 외면했다.

"그게 말이야……."

난처한 표정의 정진수 교수가 뒷머리를 긁적거렸다.

"그게 말이야? 야, 진수야! 이건 좀 아니지 않냐? 윤찬이는 우리 인턴 동기잖아. 네가 이러면 안 되지. 너, 며칠 전까지만 해도 우리 동기 중에서 원장 한번 나와야 한다고 그랬잖아?"

"물론 그렇긴 하지. 그게 지금이라는 소리는 아니잖아? 솔직히 말해서 윤찬이가 아직 원장 달기에는 좀 그렇지 않냐? 게다가 상대가 윤장현 부원장인데, 상대가 되겠어?"

"인마! 상대가 되든 안 되든 그게 문제가 아니잖아? 윤찬이가 우리 동기들한테 어떤 의미냐? 너나 나나 타 학교 출신으로 얼마나 설움을 받았어?? 그런데도 이렇게 나와?"

"그래. 말이 나왔으니 말인데, 하도 설움을 받아서 그런다. 이제 좀 인정받고 살 만한데, 윤찬이가 이렇게 들쑤시고 나오면 어떻게 하냐? 솔직히 윤찬이가 원장이 된다고 한들, 우리 생활이 나아질 게 뭐냐?"

"지금 무슨 소리를 지껄이는 거야? 윤찬이가 우리를 위해서 얼마나 노력하고 있는데?"

"그래도 한계라는 게 있는 거야. 돈 많은 윤장현 부원장이 되는 게 차라리 나아. 이번에 윤장현 부원장, 원장 되면 우리과에 진단 장비 새로 도입해 준다더라. 그거 윤찬이가 되면 가능하냐? 난 아니라고 봐."

"……그래? 최신 진단 장비, 그까짓 것 때문에 의리를 배신하냐? 인간아! 솔직히 말해 봐. 추천인에 네 이름이 올라가면 불이익을 받을까 봐 그런 거 아냐? 윤장현 부원장이 실세니까!"

"그래. 솔직히 말해서 잘릴까 봐 두렵다! 그게 죄냐? 내가 지금 여기서 잘리면 마누라, 자식은 어떡하는데? 남들처럼 돈이 많아서 개업할 형편도 안 되는데? 나도 먹고는 살아야 할 것 아니냐?"

"나쁜 놈! 그래, 잘 먹고 잘 살아라. 내가 충고 하나 하는

데, 우리 솔직히 인간처럼 살긴 힘들지만, 배신을 밥 먹듯이 하는 승냥이처럼은 살지 말자. 응?"

벅벅벅, 이택진이 테이블 위에 놓인 추천서를 집어 들고는 갈기갈기 찢어 버렸다.

"민 교수! 당신은 당연히 추천서에 서명해 줄 거지??"

믿었던 교수들로부터 뜻밖의 거절을 당했던 이택진은 당황하기 시작했다.

그렇다면 이제는 같은 과 교수들의 추천이라도 100% 확보해야 하는 상황이었다.

이택진은 제일 먼저 민중현 교수를 찾아갔다.

"교수님, 아무래도 전 좀 무리인 것 같습니다."

뜻밖의 반응이었다. 당연히 추천서에 서명해 주리라 생각했던 민중현 교수가 난색을 표했다.

"에이, 장난하지 말고. 나 장 교수 만나러 가야 하니까 얼른 사인해."

"아뇨. 다시 말씀드리지만, 저 여기에 사인 못 합니다."

민중현 교수가 단호하게 고개를 내저었다.

"미, 민 교수? 지금 그걸 말이라고 하는 거야? 김윤찬 교수라고, 다른 사람도 아닌!"

믿는 도끼에 발등을 찍힌다는 것이 이런 것일까?

이택진이 어안이 벙벙한 표정으로 말을 더듬거렸다.

"물론 알죠. 김윤찬 교수님이 출마하신다는데, 당연히 저도 응원하고 또 응원하죠."

"그럼, 그럼. 에이, 만우절도 아닌데 무슨 장난을 그렇게 호러스럽게 하냐? 나 바쁘니까 얼른 사인하자. 난 또 깜짝 놀랐네?"

휴우, 이택진이 안도의 한숨을 내쉬었다.

"다, 다만, 마음으로만요."

민 교수가 이택진의 시선을 피하며 죽어 가는 목소리로 말했다.

"뭐? 너 지금 뭐라고 했어? 내가 지금 잘못 들은 거 아니지? 마음으로만? 그게 무슨 뜻이야?"

"솔직히 김 교수님이 원장이 된다면야 좋죠! 저도 만세를 부를 겁니다."

"그런데? 이번에 김윤찬 교수 원장 당선시켜 놓고 만세 실컷 부르면 되잖아?"

"후우, 그런데 상대는 윤장현 부원장이잖아요? 그러다가 김윤찬 교수님이 지시면요? 그때는 저 어떡하죠?"

"……."

"서슬 퍼런 윤장현 부원장한테도 찍히고, 윤장현 부원장이 원장 되면 한상훈 과장도 덩달아 날개를 달 텐데, 그렇게 되면 저 완전 꼬이는 거잖아요?"

이미 윤장현의 승리를 예단하고 있는 교수들.

생존권이 달려 있는 상황에 단지 의리만으로 김윤찬을 지지할 수 없는 형편이었다.

"그렇다고 이렇게 배신한다고? 어이없게?"

"배신이 아니라 저도 제 살길 찾자는 거죠. 물론 정말로 김윤찬 교수님이 이번 선거에 이기길 바랍니다. 이건 진심이에요."

같은 흉부외과 교수들도 대놓고 김윤찬을 지지하는 데 난색을 표하는 상황이었다.

"와, 너 참 배은망덕한 놈이다! 윤찬이가 너한테 어떻게 했는데?"

"죄송합니다. 정말 죄송해요!"

"됐어. 진짜 너……. 하아, 너!"

이택진이 어이가 없었는지 검지를 들어 민중현을 가리킬 뿐, 아무 말도 할 수 없었다.

하지만 이것이 끝이 아니었다.

민중현 다음 고현민 교수 역시, 김윤찬의 추천서에 사인하는 것을 고사하고 말았다.

결국, 김윤찬의 원장 도전은 시작부터 암초를 만나 좌초 위기에 빠지고 말았다.

기존 윤장현의 막강한 권력과 그를 따르는 인맥들로 인해 쉽지 않은 승부가 예상되긴 했지만, 이 정도일 줄은 꿈에도 몰랐다.

김윤찬을 완전히 고립시켜 애초에 도전조차 하지 못하게 만들겠다는 한상훈 과장의 전략은 맞아떨어졌다.

모든 임용 교수들이 김윤찬에게 추천서를 써 주는 것을 고사했던 것.

그나마 고함 교수의 인맥과 무조건 김윤찬을 따르는 몇몇 교수들을 합해, 10장 남짓의 추천서를 받은 것이 고작이었다.

여전히 20장의 추천서가 부족한 상황.

이대로 넋 놓고 있다가는 입후보도 하지 못한 채 망신만 당할 상황이었다.

하지만 윤미순 이사장은 미동도 하지 않았다.

김윤찬을 지원하는 그 어떤 행동도 하지 않은 채 그저 김윤찬의 대응을 지켜볼 뿐이었다.

♥

윤미순 이사장실.

"당신, 이대로 보고 있기만 할 거예요?? 이렇게 되면 처남이 무혈입성하게 될 텐데요?"

조병천 원장이 불안한 듯 입술을 잘근거렸다.

"그래서요? 당신은 무슨 뾰족한 수라도 있습니까?"

그러자 윤미순이 시니컬한 반응을 보였다.

"아니, 이런 식으로 가다가는 완전히 처남한테 당할 텐데
요? 당신이라도 좀 나서야 하는 것 아닌가요?"

"내가 나서면요? 지금 저보고 남매간에 전쟁이라도 치르
라는 겁니까? 남들이 뭐라고 하겠어요? 누나가 돼 가지고 동
생 앞길을 막는다고 손가락질할 것 아닙니까?"

"아무리 그래도…… 이대로 가다간 김윤찬 교수는 입후보
도 하지 못할 위기라……."

"이게 전부 다 당신이 못나서 이런 거 아니에요! 얼마나
칠칠맞지 못하면 이사회 신임 하나 못 받는 겁니까? 당신이
조금만 능력을 발휘했어도 여기까지는 오지 않았을 것 아니
에요??"

윤미순 이사장이 표독스러운 얼굴로 조병천 원장을 노려
봤다.

"죄, 죄송합니다. 제가 한다고 했는데, 어쩌다 보니 이렇
게 됐어요."

코가 석 자쯤은 빠져 있는 조병천 원장.

"하아, 하긴 내가 누굴 탓하겠습니까? 당신의 능력이 여기
까지인 것을. 당신을 원장 자리에 앉혀 놓았던 내가 제정신
이 아닌 거죠. 이 지표가 다 뭡니까? 당신 재임 기간에 병원

랭킹이 바닥으로 떨어졌어요! 우리가 언제부터 서진대병원 따위랑 순위를 다투는 처지가 된 겁니까?"

탁탁탁, 윤미순 이사장이 신경질적으로 서류를 여러 번 내리쳤다.

"……."

"그나마 김윤찬 교수가 돌아온 후에 흉부외과를 중심으로 평가가 좋아 지금 자존심이라도 지키고 있는 겁니다! 이 모든 사달은 전부 당신 때문이라고요!"

"죄, 죄송합니다. 정말 죄송합니다."

조병천 원장이 코가 테이블에 닿도록 고개를 숙였다.

"말만 그렇게 하지 말고, 당신도 좀 사람들을 만나서 로비라도 해 보세요, 쫌!"

"제가 안 했습니까? 했죠. 만나서 있는 힘껏 해 봤습니다! 그런데 안 되는 걸 어떡합니까? 솔직히 이번 원장 선거는 계란으로 바위 치기예요. 대세는 이미 처남한테……."

"그만! 그만하세요. 이런 패배주의에 물들어 있으니 무슨 일이 되겠습니까? 하, 달걀로 바위 치기라고요? 천 번 아니면 만 번, 만 번으로도 안 되면 십만 번, 백만 번이라도 쳐야죠!"

"하아, 제가 웬만하면 당신 말에 토를 안 달고 싶은데, 솔직히 김윤찬 교수는 처남한테 상대가 안 돼요. 대중적인 인기가 좀 있다고 원내에서도 통하는 건 아니잖아요."

조병천 원장이 윤미순에게 나름대로(?) 대들기 시작했다.

"흠, 좀 더 지켜봅시다. 이 정도 시련도 이겨 내지 못하는 인간이라면, 원장 자리를 맡겨 놓은들 무슨 일을 하겠어요?"

"아무래도 힘들 것 같습니다. 당신이 나서 주시지 않는다면."

"아뇨. 분명히 방법을 찾아낼 겁니다. 지금까지 단 한 번도 내 안목과 선택은 틀린 적이 없어요. 당신을 선택한 거 말고는."

"......"

쿵, 조병천 원장이 민망한 듯 고개를 숙였다.

김윤찬호는 출항도 하기 전에 풍랑을 맞아 위태롭게 흔들리고 있었다.

💓

고함 교수 연구실.

발등에 불이 떨어진 상황.

이 난관을 타개하기 위해 고함 교수, 이택진, 김윤찬이 한자리에 모였다.

"전 이렇게까지 한상훈이 악랄한 짓을 할 줄은 꿈에도 몰랐어요. 어떻게 같은 과 교수가 출마를 하는데, 이토록 방해를 하는 거죠?"

이택진이 어금니를 악다물었다.

"한상훈은 그저 칼춤을 추고 있을 뿐이야. 더 무서운 인간은 그 뒤에서 한상훈을 꼭두각시처럼 부리고 있는 윤장현 부원장이지."

어느 정도 고전할 것이라고는 생각은 했지만, 후보 등록도 하지 못할 정도로 힘에 겨울 줄은 꿈에도 몰랐던 고함 교수였다.

사실, 윤장현과 일대일로 붙어서 제대로 승부를 볼 수 있는 사람은 현재 연희병원 내에는 없었다.

다만 김윤찬 정도가 대중적으로 인기가 높고, 원내에서나 원외에서 엄청난 실적을 올려 명예가 나락으로 떨어진 연희병원을 구해 냈다는 성과로 어느 정도 비벼 볼 만하다고 믿었다.

게다가 비록 지방대 의대 출신이지만 존스홉킨스에서 근무한 경력이라면 윤장현에 비해 못한 것도 없다고 생각한 고함 교수였다.

하지만 뚜껑을 열어 보니 김윤찬이 가지고 있는 장점은 그 파괴력이 생각보다 크지 않았다.

반면 윤장현이 가지고 있는 힘은 생각보다 그 파괴력이 대단했다.

매우 어려운 상황이었다.

"고함 교수님의 말씀이 맞습니다. 윤장현 부원장의 파워가 이 정도일 줄은 사실 몰랐어요. 생각보다 막강한 것 같습니다."

이택진의 얼굴이 잔뜩 굳어 있었다.

"원래 이런 중차대한 선거는 분위기 싸움인데, 벌써 우리 쪽이 윤장현 쪽에 밀리는 형국이야. 아니, 밀린다는 말은 그나마 경쟁이 가능할 때 할 수 있는 소리고, 지금은 일방적으로 당하는 느낌이군."

"맞습니다. 지금 이 상황이라면, 본선 투표에 가서도 문제예요. 표결로 간다면 승산이 없어요."

이택진이 절망적인 표정을 지었다.

"윤찬아, 왜 아무 말도 없는 거냐?"

고함 교수와 이택진의 대화를 묵묵히 듣고만 있는 김윤찬.

답답했는지 고함 교수가 물었다.

"뭐, 어쩔 수 없는 일 아닙니까?"

"뭐라고? 너 지금 그렇게 한가한 소리를 할 때가 아니야. 이러다가 개망신만 당하는 수가 있다고!"

김윤찬이 의외로 담담한 모습을 보이자, 이택진이 인상을 찌푸렸다.

"그러면 어떻게 하겠습니까? 안 써 주겠다는 걸 강제로 사인하게 할 순 없는 거잖아요?"

김윤찬은 여전히 여유로운 표정이었다.

그는 자신의 어깨를 으쓱거리며 피식거렸다.

"와. 이제 막 가자는 거냐? 아니면 벌써 포기한 거야, 시작도 하기 전에? 정말 그냥 이렇게 넋 놓고 당할 거야?"

그런 김윤찬의 태도가 못마땅한 이택진이었다.

"그건 택진이 말이 맞다. 지금 윤찬이 네가 의지할 곳이라곤 윤미순 이사장밖에 없어. 일단 그녀를 움직여야 하지 않겠니?"

고함 교수 역시 우려 섞인 목소리였다.

"아뇨. 윤미순 이사장은 움직이지 않을 겁니다."

"왜? 이사장이 너를 전적으로 신임하고 있다는 걸 모든 사람이 알고 있잖아. 윤 이사장이 나서 주면 그렇게 어렵지 않을 거야."

"아니, 너 정권의 레임덕이 왜 오는지 몰라서 하는 소리야?"

"무슨 소리야? 이사장이란 자리는 대통령처럼 임기제가 아니잖아? 그런데 무슨 레임덕이 온다는 거야."

"선거는 분위기 싸움이야. 지금 모든 사람이 차기 이사장으로 윤장현을 머릿속에 떠올리고 있어. 그러니까 윤미순 이사장이 나서 봐야 큰 효과가 없다는 거지."

"……."

"오히려 윤미순 이사장이 나서는 순간, 내가 더 불리할 거야. 저쪽은 더욱더 공고하게 뭉치게 될 테니까."

"음, 그건 윤찬이 말에도 일리가 있긴 해. 윤미순 이사장의 입장에서도 섣불리 나서긴 쉽지 않겠지. 자칫 동생의 앞길을 막는 패륜적인 행동이 될 테니까. 그런 면에서 윤 이사장 역시 함부로 움직이지 못할 거야."

"맞습니다. 꿩 잡는 게 매라고, 윤 이사장은 저를 선택한 겁니다. 어쩌면 그녀 입장에선 어쩔 수 없는 선택이었겠지만요."

"음, 그렇다고 볼 수 있지."

"따라서 윤 이사장은 절대 이 선거판에 나서지 않을 거야. 결국 내가 윤장현을 잡아 주면 좋은 거고, 그렇지 않을 만약의 사태에도 대비를 해 둬야 하니까."

"그렇게 잘 알고 있는 놈이, 불쑥 출마하겠다고 나선 거냐? 이길 확률도 없으면서?"

하아, 이택진이 한숨을 내쉬었다.

"……."

"무슨 말 좀 해봐! 네가 괜한 만용을 부릴 사람은 아니잖아? 이도 저도 안 되면 대체 어떻게 하겠다는 거야?? 그냥 앉아서 당하기만 하자고?"

이택진이 답답한지 자신의 가슴을 내리쳤다.

"우리 병원의 실질적인 주인은 두 사람이야. 윤미순 이사장과 윤장현 부원장! 맞지?"

"내가 바보냐? 새삼스럽게 그런 걸 질문이라고 해?"

"그래. 어떻게 보면 연희라는 제국 안에 주인은 두 사람이지. 하지만, 제국을 다스리는 황제만이 모든 걸 결정할 수 있는 건 분명 아니야."

"뭔 소리를 하는 거야?"

"제국 안의 권력자들은 황제만이 아니라는 뜻이야."

"하아, 자꾸 애가 무슨 소리를 지껄이는지 모르겠네? 그래서 뭐? 귀족들이라도 데리고 오겠다는 건가?"

"응, 택진아. 맞아."

그 순간, 김귀남이 문을 열고 안으로 들어왔다.

김윤찬에게 폐 수술을 받은 후, 잠정적으로 의사 생활을 접고 칩거했던 김귀남이 돌아왔다.

김귀남이 누군가?

작고한 연희병원 윤 재단 이사장과는 막역한 사이인 조부.

법조계, 의료계를 쥐락펴락하는 부모님과 친인척들.

감히 윤미순 이사장이나 윤장현 부원장이 무시할 수 없는 존재 가치를 가지는 귀족(?)이었다.

그가 마침내 연희로 돌아온 것.

이택진의 입장에선 뜬금없는 그의 등장에 반가움보다는

놀라움이 클 수밖에 없었다.

"김귀남 교수! 이게 도대체 어찌 된 일인가?"

고함 교수 역시, 김귀남의 등장에 당혹감을 감출 수 없었다.

그만큼 김귀남의 등장은 모두를 깜짝 놀라게 했다.

"귀남아! 이, 이게 어떻게 된 거야?"

깜짝 놀란 이택진이 자리에서 벌떡 일어났다.

"뭐가 어떻게 돼? 오랜만에 친구를 만났는데, 그 표정은 또 뭐야? 반갑지 않은 거니?"

"당연히 반갑지! 그동안 네 생각을 얼마나 많이 한 줄 알아? 그런데 어떻게 여길 온 거야?"

"의사가 병원에 돌아온 게 이상한 건가? 난 너무 당연한 거라고 생각하는데, 너는 아닌가 보다."

한결 여유로운 표정의 김귀남이 자리에 앉았다.

"아니, 그게 아니라, 너무 갑자기 우리 왕자님이 나타나니까 반가워서 그러지!"

김귀남을 합류시킬 수만 있다면, 천군만마를 얻은 기분일 것이다.

물론 이택진도 김귀남을 염두에 두지 않은 것은 아니었다.

하지만 이미 속세와 연을 끊은 스님을 무슨 수로 다시 속세로 끌어들이겠는가?

김귀남의 존재만으로도 엄청난 힘이 되리라는 것을 알고 있었음에도 불구하고, 감히 그를 다시 끌어들이겠다는 생각은 하지 못한 이택진이었다.

"왕자님은 무슨? 낯 뜨거우니까 그런 말은 하지 말아 줘. 나 이제 그런 말 듣는 거 싫다."

김귀남이 고개를 내저으며 양손을 펼쳐 보였다.

"뭐, 한번 왕자면 끝까지 왕자지. 너랑 우리 같은 평민들이 어떻게 같냐? 그나저나 진짜 돌아온 거야?"

"그래. 오늘 교직원 등록 마무리하고 오는 길이야."

김귀남이 고개를 끄덕였다.

"지, 진짜야? 그렇게나 빨리? 그럼 이제 다시 근무하는 거니?"

여전히 믿기지 않은 듯, 이택진이 눈을 깜박거렸다.

"음, 당연히 그래야지. 조그만 늦었어도 낭패를 볼 뻔했잖아. 우리 윤찬이 추천서, 써 줘야 할 거 아냐?"

김귀남이 김윤찬을 보며 한쪽 눈을 찡긋거렸다.

이미 두 사람 사이에 어느 정도 얘기가 오고 갔던 모양이었다.

김귀남!

회귀 전, 앞장서서 김윤찬의 폭주에 제동을 걸었던 인물.

외유내강의 전형적인 인물로, 겉으로 볼 때는 한없이 점잖고 유해 보이지만 내적으론 차가울 만큼 냉철한 이성을 지니고 있는 인물.

법조계와 의학계 큰손으로 군림하던 집안 내력이 어디 가 겠는가.

아무튼, 김귀남이라는 이름만으로도 최소 10개의 추천서 는 확보할 수 있는 셈이었다.

"고맙다, 와 줘서."

김윤찬이 김귀남의 손을 부드럽게 잡아 주었다.

"뭐야, 두 사람? 네놈들, 이미 계획이 다 있었구나?"

이택진이 어이없다는 듯이 두 사람을 향해 검지를 치켜들 었다.

"음, 뭐. 너는 잘 모르겠지만, 사실 내가 윤찬이한테 빚이 있거든. 관두더라도 최소한 그 빚은 청산하고 관둬야 하지 않겠어?"

"내가 왜 모르냐? 윤찬이가 김귀남 네 폐를 살린 장본인이 잖아."

"아니, 그것도 그거지만, 난 윤찬이한테 빚이 하나 더 있 거든."

"무슨 빚? 김윤찬! 너 설마 귀남이한테 돈이라도 빌려줬 냐?? 얼마나?"

이택진이 넘겨짚으며 김윤찬을 향해 눈을 흘겼다.

"하하하, 그런 거 아냐."

"그런 거 아니면? 대체 무슨 빚을 졌다는 거야?"

"택진이 넌 몰라도 돼. 윤찬이와 나만의 비밀이니까. 그렇지?"

"그래. 네가 말하는 그 빚이라면 뭐, 갚는다는데 내가 마다할 이유가 있겠어?"

염화미소라고 했던가? 두 사람만이 통하는 무언가가 있었던 모양이었다.

"와! 너희 지금 사귀냐? 무슨 눈인사를 그렇게 해? 뭔데? 뭐가 어떻게 된 건데, 나만 모르는 거야?"

"됐어. 그보다 내가 돌아왔다는 것! 그리고 앞으로 내가 김윤찬을 전폭적으로 지지하겠다는 것! 그게 중요한 거 아니냐?"

당장 추천서 몇 장을 확보했다고 의미가 있는 건 분명 아니었다.

그러나 향후 치열한 선거 구도에서 김귀남이 김윤찬의 편이 되어 준다는 건, 단순한 1표 이상의 가치가 있었다.

분명, 김윤찬의 입장에서 김귀남은 천군만마와도 같은 존재였으리라.

"알았어. 쬐끔 질투가 나려다 말다 하지만, 일단 넘어가기로 하겠어. 나중에 이실직고하지 않으면 두 사람이 사귄다고 소문낼 거니까 알아서 해라? 응? 커밍아웃하고 싶지 않으면??"

"윤찬아! 쟤 지금 뭐라냐?"

김귀남이 어이없다는 듯이 김윤찬을 쳐다봤다.

"몰라, 나도. 그나저나 언제부터 근무야?"

"뭐, 괜히 시간 끌 필요 있을까? 가뜩이나 손도 부족한데, 하루라도 빨리 메워 줘야지. 다음 주부터 바로 일 시작하려고."

"그래, 잘했다! 너 같은 고급 인력을 이렇게 썩힌다는 건말도 안 되지."

김윤찬이 김귀남을 보며 흐뭇한 표정을 지었다.

"자, 김귀남이 우리 편이 되었으니, 이제 좀 해볼 만한 싸움이 된 건가?"

조금 전과는 확연히 바뀐 이택진의 밝은 얼굴이었다.

"아니, 아직 한 사람이 더 남았는걸?"

"한 사람? 그게 누군가?"

고함 교수가 궁금한 듯 물었다.

"뭐, 곧 오실 테니 조금만 기다려 보시죠?"

김윤찬이 입가에 알 수 없는 미소를 지었다.

며칠 전, 김 할머니 저택.

"결국 연희를 한번 가져 보겠다는 거이가?"

김 할머니가 매서운 눈초리로 김윤찬을 바라보았다.

"네, 지금이 아니면 힘들 것 같아 도전해 보려고 합니다."

"그깟 연희, 내가 돈으로 사 주랴? 돈으로 사는 거만큼 확실한 건 없는 거이야."

"네. 사람의 마음까지도 사실 수 있다면 그렇게 해 주십시오."

"홀홀홀, 너 착각하지 말라. 사람의 마음을 돈으로 살 수 없다고 생각하네?"

"……."

"아이야. 사람의 마음을 돈으로 살 수 없다면, 그거는 돈이 부족해서야. 사람의 마음을 살 만큼 돈이 없기 때문이지. 알간?"

김 할머니가 한쪽 다리를 일으켜 세워 앉으며 김윤찬의 대답을 기다렸다.

"그렇다면 어머니는 적어도 제 마음은 돈으로 사실 수 없으실 것 같군요. 어머니가 가지고 계신 돈 정도로는 절 사실 수 없으니까요."

"홀홀홀, 니 내가 돈을 얼마나 가지고 있는지 몰라서 그러네? 내 니 마음 정도는 너끈히 산다. 암, 충분하고말고."

"아뇨. 전 그 옛날 정선에서 어머님을 치료했던 날, 어머니가 속바지 주머니에서 꺼내 주신 박하사탕 몇 알 때문에 어머님의 양아들이 되기로 결심한 겁니다. 어머니가 절 사

신 건 그 몇 알의 박하사탕이지, 지금 가지고 계신 돈이 아
닙니다."

"하하하, 고 간나새끼래, 말 하나는 아주 찰떡이구나야.
그래그래. 내 니가 어떻게 나오나 궁금해서 헛지랄 좀 해
봤어."

"솔직히 저도 어머니가 병원 사 주신다는 말씀에 살짝 떨
리긴 했습니다."

하하하, 김윤찬이 호탕하게 웃으며 몸서리를 쳤다.

"홀홀홀, 그랬니? 좋아. 그러면 넌 어떻게 장현이 그 간나
새끼를 이길래? 미순이 그 여시 같은 년은 살짝 뒤로 빠져
있을 테고, 윤찬이 네가 장현이 놈보다 나은 게 아무것도 없
지 않든? 돈이면 돈, 권력이면 권력! 아무것도 없지 않네?"

김 할머니가 눈매를 좁히며 김윤찬의 입에 시선을 고정했
다.

"사람으로요."

"그러니까 누굴 사겠다는 거이가?"

"그거야 어머님이 이미 저한테 힌트를 주시지 않았습니
까?"

"옳다구나! 너 지금 도도한이를 말하는 거니?"

탁, 김 할머니가 자신의 무릎을 내리쳤다.

"그렇습니다."

"홀홀홀, 그 인간이 어디 쉽게 그 흉악한 속을 너한테 팔

겠니? 억만금을 가져다줘 봐라, 그 능구렁이 같은 속을 살 수 있나."

"사람의 마음을 살 수 있는 건, 돈만이 아니라고 말씀드렸던 것 같은데요?"

"그래? 그만한 힘을 가질 수 있는 게 너한테 있단 말이지? 그게 뭐니? 어디, 나도 그 흉물 단지 좀 구경 좀 하자. 어서 내놔 봐."

김 할머니가 손바닥을 펴고는 김윤찬 앞에서 흔들어 보였다.

"바로 이겁니다."

그러자 김윤찬이 주머니에서 무언가 꺼내 들었다.

"이게 뭐이가?"

김 할머니가 물끄러미 쳐다보더니 심드렁한 표정을 지었다.

"이 바둑알로 도도한 교수를 살 생각입니다. 이게 바로 그분을 내 사람을 만드는 데 필요한 돈입니다."

김윤찬이 주머니에서 꺼내 김 할머니에게 내보인 건, 바둑알이었다.

♥

도도한 교수의 자택.

몇 년 전, 도도한 교수를 처음 만나던 날.

바로 그날같이 김윤찬은 한 손에는 안동소주를, 다른 한 손에는 바둑알을 들고 그의 집을 찾아갔다.

"결국, 결정하신 겁니까?"

예전과는 다르게 무표정한 얼굴로 김윤찬과의 시선을 피하는 도도한 교수였다.

"그렇습니다."

"그렇다면 김윤찬 교수가 가져오신 이 안동소주는 뇌물이겠군요? 나보고 김윤찬 교수를 도와달라는."

도도한 교수가 물끄러미 바닥에 놓인 안동소주를 내려다보았다.

"물론 술이라면 그럴 수도 있겠네요."

"뭐라고요? 그럼 이게 술이 아니고 뭐란 말이요?"

"물론 안동소주는 생각보다 비싼 술이긴 하죠. 그 값이 제법 나가니, 이것을 뇌물이라고 부른다면 부를 수도 있을 겁니다."

"무슨 말씀을 하시려는 겁니까?"

"하지만 안동소주는 술이 아닐 수도 있어요."

"술이 아니라고요?"

"그 옛날, 안동소주를 빚어 만들어 마신 우리 조상들은 가벼운 상처나 배앓이, 소화불량에도 이 소주를 약처럼 썼다고 하더군요."

"……."

"최근 교수님이 소화불량에 시달리신다기에, 제가 처방전으로 이 소주를 몇 병 들고 온 겁니다. 의사로서."

"하하하, 그러니까 의사로서 처방을 들고 오신 거니, 뇌물이 아니다? 뭐 이런 논리입니까?"

예상치 못한 김윤찬의 대답에 웃음을 터뜨리지 않을 수 없는 도도한 교수였다.

"네. 제 딴에는 그렇다고 생각합니다. 때론 현대 의학보다 우리 조상님들의 지혜로운 경험이 더 효과적이기도 하니까요."

"제법 그럴듯하군요. 그런데 이를 어쩌죠? 난 그렇다고 해도 김윤찬 교수를 도와줄 마음이 없는데? 난 아직 김윤찬 교수가 우리 병원의 수장이 될 만한 재목감이 되지 못한다고 생각하는 사람이오."

"……."

"그래도 이놈은 뇌물이 아니라 약이라고 하니, 김 교수의 처방전은 선의로 받아들이겠소."

"그러면 이건 어떻습니까? 교수님이 그러시지 않았습니까? 사람이 할 수 있는 승부 중에 바둑만큼 치열하고 잔인하며, 더불어 공정하며 아름다운 승부는 없다고."

김윤찬이 가지고 온 바둑알을 도도한 교수 앞에 내놓았다.

"허허허, 지금 나랑 바둑 대국으로 승부를 보겠다는 것이
요?"

"그렇습니다."

"내가 이미 김윤찬 교수의 실력을 알고 있는데도?"

안경 너머로 힐끗거리는 도도한 교수의 눈은 제법 매서웠
다.

"뭐, 예전에 조치훈 명인이 그래 봤자 바둑이라고 하지 않
았습니까? 사람의 머리로 하는 일인데, 길고 짧은 건 대봐야
안다고 생각합니다."

"수도 없이 대봤던 걸로 아는데요? 그리고 조치훈 명인이
그래 봤자 바둑이란 말을 한 건 맞지만, 그 뒤에 한 말이 또
있을 텐데 말이죠? 그래도 바둑이라고."

"그랬던가요? 전 그래 봤자 바둑이란 말밖에 들은 적이 없
어서요. 일단 한번 둬 보시죠."

후후후, 김윤찬이 한쪽 구석에 놓인 바둑판을 당겨 와 도
도한 교수 앞에 두었다.

"흐음, 바둑이라는 게 그렇게 하루아침에 되는 게 아닌
데? 김윤찬 교수가 무리수를 던지시는군요. 정말 괜찮으시
겠어요?"

"뭐, 결과는 두고 보면 알겠죠."

"좋습니다! 뭔가 믿는 구석이 있나 본데. 지금부터 딱 세
판을 둬 드리죠. 단 한 판이라도 이긴다면 그때 가서 다시 한

번 생각해 보리다."

"아뇨. 제가 단 한 판이라도 교수님께 진다면, 다시는 교
수님을 찾아오지 않겠습니다. 선을 결정하시죠."

김윤찬이 도도한을 보며 한쪽 입꼬리를 말아 올렸다.

복마전 (2)

"허허허, 이거 난감하구먼. 내가 졌어요, 졌어."

툭, 도도한 교수가 어색한 표정을 지으며 잡고 있던 돌을 던졌다. 즉, 자신의 패배를 인정한 것이다.

"죄송합니다. 한 판 더 두시겠습니까?"

김윤찬이 뒷머리를 긁적거리며 난감한 표정을 지었다.

"죄송할 게 뭐 있나요? 그리고, 더 둔다고 뭐가 달라질까요?"

도도한 교수가 이미 붉게 상기된 이마를 문질거렸다.

후우, 세 판을 내리 진 상황.

이 예상치도 못한 상황에 도도한 교수가 어안이 벙벙한 듯 한숨을 내쉬었다.

"사실 제가 이기긴 했어도, 쉽지 않은 승부였습니다. 자칫 대마가 잡힐 뻔했으니까요. 굉장한 막판 집중력이셨습니다. 저도 끝까지 몰렸어요."

"반집 차로 지든, 계가가 불가능하든, 진 건 진 거죠. 더 이상의 대국은 의미가 없는 것 같군요."

달그락달그락.

도도한 교수가 바둑알을 만지작거리며 고개를 가로저었다.

"네, 그러면 편하신 대로 하십시오. 술이나 한잔하시겠습니까? 제가 한 잔 올리겠습니다."

"아, 아뇨. 술은 됐습니다. 그보다도……."

"네, 말씀하십시오."

"가만 보니 갑자기 기력이 늘기에는 너무 짧은 시간이고, 애초에 저보다 고수셨나 봅니다? 그것도 모르고 제가 잘난 척을 했어요. 제가 어리석었던 게 맞는 겁니까?"

후후후, 도도한 교수가 입가에 허탈한 미소를 띠었다.

"아닙니다. 절대 그런 건 아니에요."

"아니긴! 그동안 바둑 몇 판 이겼다고 천방지축 날뛴 걸 생각하면…… 쥐구멍이라도 있으면 들어가고 싶은 심정입니다, 지금!"

"절대 아닙니다. 바둑이란 건 기풍이라는 게 있는 거죠. 기술이야 제가 좀 더 나을지 몰라도, 기풍에 있어서는 제가 교수님을 따라갈 수 없었습니다. 그 점에서 볼 때는 제가 하수임이 틀림없습니다."

"하하하, 꿈보다는 해몽이군요? 좋아요. 일수불퇴! 한 번 뱉은 말은 주워 담을 수 없는 법. 동네 어르신들 내기 바둑도 결과에 승복하는 게 불문율인데 약속을 지켜야겠지요. 제가 뭘 어떻게 하면 되겠습니까? 듣자 하니 추천서 인원을 채우는 데 난항을 겪고 있다고요?"

이미 김윤찬에 관해 속속들이 알고 있는 도도한 교수였다.

"아뇨. 추천서 30장도 만들지 못할 정도라면 병원장 선거에 나갈 자격이 없지요. 교수님께 추천서나 써 주십사 하고 찾아온 것은 아닙니다."

"그러면??"

"염치 불고하고 제 런닝메이트가 되어 주셨으면 합니다."

"하하하, 런닝메이트? 그렇다면 저한테 부원장 자리를 주겠다는 겁니까?"

"네. 드릴 수 있다면 원장 자리도 내어 드리고 싶지만, 제가 입후보자니 그럴 순 없는 일 아닙니까? 전 교수님의 바둑기풍처럼, 경험이 풍부하고 강직한 교수님의 힘이 절대적으로 필요합니다."

"이미 선거에 이긴 사람처럼 말씀하시는군요??"

"교수님만 제 곁에 계셔 주신다면 못 이길 것도 없다고 생각합니다."

이번 병원장 선거에 런닝메이트로 도도한 교수와 원 팀이
되는 것.

도도한 교수가 누구인가?

연희병원의 적자이자, 도도한 인품과 뛰어난 실력으로 모
든 연희인의 추앙을 받는 인물이 아니던가?

게다가 충분히 연희의 최고 권력자가 될 수 있음에도 불구
하고 모든 자리를 고사한 인물.

도도한 교수의 힘을 빌려 추천서 몇 장을 건지는 것과는
비교조차 할 수 없는 어드밴티지였다.

김윤찬에게 가장 시급한 문제는 추천서 몇 장이 아니라,
도도한 교수를 통해 기울어진 운동장의 균형추를 맞추는 것
이었다.

그렇지 않다면 이번 승부에서 이길 수 있는 방법은 없기
에.

"부원장이라……."

"그렇습니다. 부족한 저를 옆에서 돌봐 주십시오."

"하하하, 입후보도 하지 못해 전전긍긍하고 있는 줄 알았
는데, 이처럼 담대한 꿈을 품고 계셨군요?"

"꿈이 아니라 현실로 만들겠습니다."

"혹시 몰라 이미 이거 몇 장 준비해 둔 내 손이 부끄럽군
요. 내가 김윤찬 교수를 너무 과소평가했어요."

드르륵, 도도한 교수가 서랍장을 열고 종이 몇 장을 꺼내 들었다. 추천서 양식이었다.

"뭐, 주신다고 하시면 사양하진 않겠습니다."

"하하하, 그렇습니까? 좋아요. 그러면 한 수 더 합시다. 이 추천서를 걸고!"

"좋습니다! 그러면 저의 제안을 받아 주신 걸로 알고 있어도 되겠습니까?"

"그거야 우리 원장님, 바둑 두시는 걸 보고 판단해야겠는 걸요?"

"네?"

"껄껄껄! 어디 한 수 더 붙어 봅시다!"

도도한 교수가 기분 좋은 미소를 지으며 바둑알을 집어 들었다.

"네, 한 수 부탁드리겠습니다."

이제 됐다! 도도한 교수가 나서 주기만 한다면 못 이길 선거판도 아니야!

마침내 김윤찬이 도도한 교수를 손에 넣게 되었다.

나무보다는 숲을 내다볼 줄 아는 김윤찬이었다.

♥

윤장현 부원장실.

"결국 김윤찬 교수가 무사히(?) 후보 등록을 마쳤군요?"

"……."

연희병원의 양대 적자, 김귀남과 도도한 교수가 합류한 김윤찬 선거 캠프.

확실히 두 사람의 입지는 단단했다. 소아과, 산부인과를 중심으로 김윤찬을 지지하는 세력이 급속히 늘었기에, 추천서 30장을 채우는 것은 문제도 아니었다.

게다가 도도한 교수가 김윤찬의 런닝메이트를 자처하고 나선 이상, 윤장현 부원장의 입장에서도 김윤찬을 만만히 볼 수 없는 상황에 다다를 수밖에 없었다.

"무슨 말씀을 해 보시죠? 애초에 이번 선거판에 발을 못 붙이게 한다고 하지 않았습니까?"

"죄송합니다. 도도한 교수가 갑자기 이렇게 나올 줄은 몰랐습니다. 예전이나 지금이나 도도한 교수는 부원장님의 사람인 줄만 알았습니다. 방심한 탓입니다."

"하하하, 도도한 교수가 제 사람이었던가요? 그러면, 한상훈 과장님은 제 사람입니까?"

"네? 그, 그게 무슨 말씀입니까? 당연히 전, 부원장님의 사람이지요."

"아, 그렇습니까? 제가 미처 몰랐군요."

"아……. 그런 말씀 마십시오. 전 분명 윤장현 부원장님과 뜻을 같이하는 사람입니다. 끝까지 부원장님의 곁에서 보좌

토록……."

"제 뜻이 뭔데요?"

"그게……."

"뭐, 이 병원의 주인이 되겠다, 이런 걸까요? 그렇게 알고 계셨다면 아닙니다. 천만의 말씀이에요. 이 병원의 주인은 원래 나였으니까."

"아, 네. 맞습니다! 이 병원의 원래 주인은 부원장님이 맞습니다. 그래서 저도 연희병원을 원래 자리로 되돌려 놓고 싶었습니다. 저도 부원장님과 뜻을 같이합니다!"

얼렁뚱땅 상황을 모면하려 애를 쓰는 한상훈 과장이었다.

"아니지. 한 과장님이야 한 과장님의 자리를 되찾고 싶을 뿐 아닙니까? 김윤찬으로부터 말이에요."

"네?"

"한상훈 과장님 목표는 김윤찬 교수 아닙니까? 아니에요? 말씀해 보세요."

"……네, 그렇습니다. 솔직히 김윤찬이 도저히 용서가 되지 않습니다. 어디 듣도 보도 못한 대학 출신이 우리 병원에 굴러들어 와 이렇게 설친다는 것이 용납되지 않아요! 맞습니다. 저는 김윤찬이 망가지는 꼴을 반드시 봐야겠습니다! 지금까지 당한 수모만으로도 전, 충분히 망가졌으니까요."

한상훈 과장이 몸을 부르르 떨며 어금니를 악다물었다.

"그래요. 그렇게 솔직하게 말씀하시니까 얼마나 좋아요.

그런 면에서 우린 한편을 먹을 수 있겠어요. 그러면 앞으로
는 어떻게 하실 생각이십니까?"

윤장현 부원장이 양손을 모아 턱밑에 가져다 댔다.

"음, 지금 구상 중입니다. 일단 후보 등록은 했지만, 별거
없을 겁니다. 김윤찬 교수는 원내 기반이 없는 사람이니까
요. 다들 김귀남, 도도한 교수를 보고 밀어주는 척을 하는 거
지, 김윤찬 교수가 이번 선거에서 이길 거라고 생각하는 사
람은 아무도 없으니까요."

"그래요. 그러니까 어떻게 김윤찬 교수가 이번 선거에서
지게 만드실 생각이냐고요?"

"조금만 시간을 주시면, 대책을 강구하도록……."

"그래서 김윤찬 교수한테 복수하실 수 있겠어요?"

"네?"

"그러니까 한상훈 교수님은 제가 시키는 일만 열심히, 실
수 없이 하시면 된다는 말씀입니다. 전 한 과장님의 손발이
필요한 거지, 머리가 필요한 건 아니니까요."

"아, 네. 면목 없습니다!"

한상훈이 민망한 듯 고개를 떨궜다.

"자꾸 원내에서 뭔가 찾을 생각을 하니까 답이 안 나오는
겁니다. 눈을 외부로 돌려 보세요."

"외부로요? 무슨 말씀이신지 전 잘 모르겠습니다. 이왕 말
씀하실 거라면 명확하게 짚어 주십시오."

"하하하, 역시 적응력이 빠르시군요. 확실한 손발이 되어주시겠다는 뜻인가요?"

"머리가 안 되면 손발이라도 바지런해야 하지 않겠습니까?"

"좋아요. 매우 맘에 듭니다. 그러면 내가 김윤찬 교수에 대한 재밌는 얘기를 하나 해 드리죠."

후후후, 윤장현 부원장이 입가에 야릇한 미소를 띠며 한상훈을 향해 손가락을 까닥거렸다.

"그게 뭡니까?"

호기심이 생겼는지 한상훈 과장이 의자를 바짝 당겨 앉았다.

"우리는 직업이 의사지 않습니까?"

"그야 당연하죠."

"그러니까 직업윤리가 그 어떤 직종의 사람들보다 중요시되지요. 맞나요?"

"그럼요. 사람의 생명을 다루는 일인데요. 그래서요?"

"한 과장님 말씀대로 사람의 생명을 다루는 고귀한 일이니까, 더욱더 의사로서 지켜야 할 윤리가 있겠죠."

"맞습니다. 그런데요?"

"바로 그겁니다. 의사로서 마땅히 가져야 할 직업윤리가 훼손되었다면, 한 병원의 원장으로서 충분히 결격사유가 될 수 있을 테니까요."

후후후, 윤장현 부원장이 입가에 알 수 없는 미소를 띠었다.

일주일 후, 윤미순 이사장실.

김윤찬이 가까스로 일정에 맞게 후보 등록을 마친 시점.

윤미순 이사장이 조병천 원장을 자신의 집무실로 호출했다.

"김윤찬 교수, 정말 대단하네요. 전 솔직히 이번에 추천서도 제대로 채우지 못할 줄 알았거든요!"

'김 교수, 그래도 제법 한 방이 있는데?'

조병천 원장이 호들갑을 떨며 중얼거렸다.

"그 정도밖에 안 되는 인간이었으면, 애초에 김 교수를 염두에 두지도 않았을 거예요."

"네네. 역시 탁월하신 안목이십니다. 게다가 도도한 교수를 어떻게 구워삶아 먹었는지, 자기편으로 만들었잖습니까?"

"그래요. 저도 도도한 교수가 그렇게 쉽게 김윤찬 교수의 편에 설 거라고는 생각도 못 했어요. 그렇게 만만한 사람이 아닌데……."

"그러니까요. 도도한 교수에다가 김귀남 교수까지 복귀했으니, 이제는 어느 정도 해볼 만한 싸움이 되지 않겠어요?"

"그렇게 생각해요?"

윤미순 이사장이 한쪽 눈썹을 치켜떴다.

"그렇지 않을까요? 아직은 처남 쪽이 유리하긴 하지만, 이제는 어느 정도 기울어진 운동장에 균형을 맞춘 것 같은데."

"그게 어느 정도라는 거지, 완전히 균형이 잡힌 건 아니잖아요? 여전히 장현이가 유리한 구도예요. 소아과, 산부인과를 제외하더라도 우리 병원에는 수많은 과가 있으니까."

"네네, 그래도 선거판에는 기세라는 게 있는 겁니다! 지금은 확실히 김윤찬 교수가 유리한 고지를 점령했어요. 지금부터 차근차근히 해 나가면, 충분히 승산이 있다고 생각해요, 전!"

조병천 원장이 입술을 굳게 다물며 자신감을 내보였다.

"아니에요. 뭔가 찜찜해요."

윤미순 이사장이 고개를 갸웃거렸다.

"왜요? 무슨 문제라도 있는 겁니까?"

"음, 장현이가 너무 조용해요. 분명 장현이도 당신 말대로 김윤찬 교수가 기세를 탔다고 느끼고 있을 거예요. 그렇다면 위기의식을 느껴서라도 뭔가 움직임이 있어야 하는데, 조용해도 너무 조용하단 말이죠. 그게 이상하다는 겁니다."

"음, 뜻밖의 상황에 당황한 게 아닐까요? 뭐가 답이 없으니까 전전긍긍할 수도……."

"그건 당신 생각이구욧! 장현이가 이렇게 침묵할 때는 분명 뭔가 있어요. 항상 그래 왔으니까."

'하아, 윤장현! 너 지금 무슨 수작을 부리고 있는 거야?'

또각또각, 윤미순 이사장이 책상 위를 손톱으로 튕기며 입술을 잘근거렸다.

💙

이번 연희병원 병원장 선거에 출마하는 사람은 윤장현 부원장과 김윤찬. 더 이상의 출마자가 없는 관계로 이파전의 양상을 띠게 됐다.

손쉽게 추천 인원을 채운 윤장현 부원장과, 김귀남과 도도한 교수의 합류로 어렵사리 추천 인원을 채운 김윤찬과의 양강 구도.

초반 입후보마저 쉽지 않았던 김윤찬의 사정을 고려해 볼 때 괄목상대하다고 할 만한 약진이었으나, 여전히 판세는 윤장현 부원장이 절대적으로 우세했다.

본격적인 선거에 돌입하자 윤장현 쪽에서 먼저 칼을 빼 들었다. 윤미순 이사장의 예상대로 윤장현이 먼저 김윤찬을 치고 들어온 것.

복마전의 본격적인 시작이었다. 물론 그 복마전의 포문은 한상훈 과장이 열었다.

김윤찬 교수 연구실.

"윤찬아! 지금 이게 어떻게 된 일이야? 지금 원내에서 무슨 소문이 돌고 있는 줄 알아?"

이택진이 헐레벌떡 연구실로 뛰어 들어왔다.

"뭔데 그렇게 호들갑을 떨어?"

"아직 얘기 못 들었어?"

"그러니까 무슨 얘기? 말을 해야 알지."

"너 미국에 있을 때 말이야."

"내가 미국에 있을 때 뭐??"

김윤찬의 존스홉킨스 시절 얘기가 불거져 나온 듯싶었다.

"혹시 낸시라는 환자 알아?? 너 미국에 있을 때 봤던 환자라고 하던데?"

이택진이 입에 침을 두르며 긴장된 어조로 물었다.

"낸시 플로러 환자를 말하는 거면 내가 맡았던 환자 맞아."

김윤찬이 담담하게 이택진의 질문에 답했다.

"그래. 그런 이름이었던 거 같아. 그런데…… 그 환자가 사망했니?"

"……."

흐음, 그러자 김윤찬이 짧은 한숨을 내쉴 뿐, 아무 말도 하지 않았다.

"뭐야? 말해 봐. 그 환자가 사망했냐고?"

"그래."

이택진의 반복된 질문에 김윤찬이 짧게 답했다.

"하아, 그렇다면 그 소문이 사실인가 보네? 그 환자 병명이 AP(협심증)가 맞아?"

"어."

"진짜 앤자니아 팩토리스로 사망한 게 맞는 거야?? 것도 스테이블?"

이택진이 믿을 수 없다는 듯이 눈을 깜박거렸다.

"맞아."

"아니, 아니. 정말 사망 원인이 협심증이냐고? 어떻게 단순 협심증으로 사망할 수 있는 거지? 분명 다른 원인이 있을 거 아냐?"

"없어."

김윤찬이 굳은 얼굴로 짧게 답했다.

"하아, 미치겠네? 지금 저쪽에서 그 사건을 들고나왔어. 낸시라는 여자 환자가 경증 협심증으로 병원에 입원했고, 검사받는 도중에 네 부, 부주의로 사망했다고 말이야! 이, 이게 지금 말이 돼??"

이택진이 게거품을 물며 말을 더듬었다.

"부주의든 뭐든 내 환자가 사망했다는 건, 틀림없는 사실이야."

"미치겠네? 그렇다면 이것도 사실인지 네 입으로 직접 말
해 봐. 너, 그 낸시라는 환자 사망하고 그 가족들 만난 거
맞아?"

"그래. 만났어."

"헐, 미치겠네? 그러면 그 의료사고를 무마하기 위해서 가
족들을 돈으로 매수하려고 했다는, 그 말도 안 되는 괴소문
은 사실이 아니지? 그렇지?"

이택진의 목소리가 마구 흔들리기 시작했다.

"내가 할 수 있는 건 뭐든 해 드려야 했으니까."

"미치겠네! 지금 논점 흐트러뜨리지 마. 요점은 단 하나
야. 그래, 말마따나 의사도 사람이니까 실수라는 건 할 수 있
다고 치자."

이택진이 입이 바짝바짝 마르는지 연신 입술에 침을 둘렀
다.

"……."

"그런데 그 실수를 덮으려고 돈으로 환자 가족을 매수했
다는 건, 나로서도 도저히 납득이 되질 않아. 이거 사실 아
니지?"

"사실이고 아니고가 중요할까? 사람들은 믿고 싶은 대로
믿을 거야."

"뭐야? 그게 아니라, 아니어야 하지. 당연히! 당연히 아닐

거고, 그러니까 반박을 해야 할 것 아냐? 사람들이 지금 너에 대해서 오해하고 있잖아?"

"그분들에게 돈을 드린 건 맞아."

김윤찬이 무표정한 얼굴로 말했다.

"하아……. 이, 이게 말이 돼?"

이택진이 어이없다는 듯이 연신 마른세수를 했다.

"그 얘기는 그만하자. 돌아가신 분을 다시 욕되게 하고 싶지 않아."

"미치겠네, 진짜! 그러면 지금의 상황을 어떻게 하겠다는 건데? 네 말이 사실이라면 이번 선거는 하나 마나야. 이기려야 이길 수가 없다고. 뭔가 해명을 해야 할 거 아냐?"

이택진이 답답한 듯 가슴을 내리쳤다.

"일단 상황을 두고 보자. 지금 내가 할 수 있는 일은 아무것도 없어. 내가 해명을 한들 사람들이 믿을까? 아니, 더욱더 날 의심하게 될 거야."

여전히 감정의 동요가 없는 김윤찬. 그가 담담한 어조로 고개를 내저었다.

"그래. 나도 솔직히 조금 당혹스럽긴 하지만, 난 네가 그런 파렴치한 짓을 하지 않았을 거라고 확신해. 내가 모르는 무슨 사연이 있겠지. 하지만 사람들은 다르잖아? 이대로 사태를 방관하면 단지 원장 선거 패배가 문제가 아니야."

"……."

"네 의사 인생에도 지울 수 없는 오점을 남기게 돼! 무슨 오해가 있는 거라면 설명하고 해명하자. 응?"

"그건 내가 알아서 할 테니까, 넌 신경 쓰지 마."

"정말 돌겠네. 무슨 방법이 있는 거야?"

"그 옛날에 육상 황제 칼루이스와 만년 이인자 벤 존슨이라는 세기의 육상 선수가 있었지."

"뜬금없이 그 얘기는 왜 꺼내는 거야?"

"들어 봐. 올림픽 결승전에서 두 사람이 맞붙었는데, 의외로 벤 존슨이란 선수가 세계신기록으로 우승했어."

"맞아! 그건 나도 기억나. 벤 존슨이 우승은 했지만, 검사 결과 금지 약물을 복용한 게 밝혀져 금메달이 박탈됐잖아. 3일간의 천하라고 당시 신문이 떠들썩했었어. 그런데 그 얘기는 왜 꺼내는 거야?"

"진실은 피해자가 말한다고 밝혀지는 것이 아니야. 칼루이스란 선수는 아무리 의심스러워도 벤 존슨의 약물 복용 사실을 밝힐 수 없어."

"음, 그거야 당연하지. 칼루이스는 피해자이자 이해 당사자니까."

"맞아. 진실은 올림픽위원회가 밝혀내는 거야. 공신력 있는 기관에서 말이야. 그래야 사람들이 수긍하고 믿는 거야."

"음, 너 무슨 생각이 있는 거구나??"

김윤찬의 표정에서 실오라기 같은 희망을 찾아낸 이택진

이었다.

"아니, 지금 당장은 아무것도 없어. 다만 내가 나설 일이 아니라는 건 분명해. 괜히 사람들한테 변명한다는 인상을 줄 필요는 없어. 그러면 그럴수록 그들은 더욱더 날 의심하게 될 테니까."

"후우, 그렇다고 이렇게 손 놓고 가만히 앉아만 있자고??"

"그래서 내가 알아서 한다고 하지 않았니?"

"아무리 그래도……."

"그건 그렇고 김진규 환자, 수술 준비는 잘돼 가고 있는 거지?"

"하아, 지금 상황에 수술방에 들어갈 수 있겠어?"

"난 의사야. 수술은 당연히 해야 할 내 의무고. 무슨 그런 말도 안 되는 소리를 하는 거야? 캐비지(관상동맥 우회술)로 갈 거니까 준비 좀 해 줘."

"아, 알았다. 혹시 모르니까 내가 어시스트로 들어갈게. 관상동맥뿐만 아니라 대동맥 쪽에도 문제가 있는 것 같더라."

"그러면 고맙고."

"하아, 진짜 너 괜찮겠냐? 차라리 고함 교수님한테 맡기는……."

"쓸데없는 소리 그만하지? 수술 준비나 해 줘."

"알았다고!"

이택진이 투덜거리며 밖으로 나갔다.

7번 수술방.

"진순남 선생! 내가 뭐 하나만 물어보자."

수술 준비가 한창이던 수술방. 마취과 조진남 교수가 진순남을 향해 손짓했다.

"네? 무슨 일이시죠?"

"진 선생이 김윤찬 교수랑 친하잖아. 맞지?"

"친하다는 말은 좀 그렇고, 제가 모시는 존경하는 교수님이십니다."

"그러니까! 진 선생이 그토록 존경하는 김윤찬 교수님에 대해서 궁금한 게 있어서 그런데, 요즘 원내에 떠도는 얘기가 사실이야?"

"전 무슨 말씀을 하시는지 잘 모르겠습니다."

"아니, 미국에서 환자 죽여 놓고 그걸 무마하려고 돈으로 환자 가족을 매수했다는 소문이 파다해."

"저는 모르는 일입니다. 그런 말은 들어 본 적이 없어요."

물론 진순남 역시 그런 소문이 도는 걸 모를 리가 있겠는가?

모든 걸 알고 있으면서도, 조진남과 말을 섞어 와전될 수 있는 소지를 차단하려는 그의 의도였다.

"조 교수님! 그걸 왜 진순남 선생한테 물어보는 겁니까?"

그러자 옆에 있던 장영은이 발끈하며 나섰다.

"아니, 나도 설마설마했는데, 이게 소문이 꼬리에 꼬리를 물고 갖가지 증거 자료들이 나오니까……."

"증거요? 눈으로 직접 보셨습니까?"

장영은이 매섭게 조진남 교수를 노려봤다.

"아니, 아니. 내가 직접 본 건 아니지만……."

"그러면 아무 말 마십시오. 진 선생이나 저를 통해서도 뭔가 알려고 하지도 마시고요. 저흰 아무것도 모르고, 알고 있다 해도 조 교수님과 할 얘기는 없습니다."

"그게 아니라 난, 유권자의 입장에서 정당하게 요구할 권리가……."

지이이잉.

그 순간, 수술방 문이 열리고 이택진이 안으로 들어왔다.

"그래. 조진남 교수가 정당하게 한 표를 행사할 권리가 있는 건 맞아. 하지만 쓸데없이 확인되지 않은 유언비어를 날조, 퍼트려서야 되겠나? 공식적으로 확인된 팩트 외에는 그어떤 것도 입에 담아서는 안 되는 책임도 있지."

"아, 네. 죄송합니다, 교수님!"

조진남 교수가 민망한 듯 얼굴을 붉혔다.

"제발 말조심합시다! 이러다가 김윤찬 교수가 원장에 당선

되면 당신, 감당할 수 있겠어?"

"죄, 죄송합니다. 제가 너무 경솔했습니다."

"그래요. 앞으로 조심하면 됩니다. 말 한마디로 천 냥 빚도 갚는다지만, 말 한번 잘못했다가 만 냥 빚을 지는 수가 있어요."

"하하하, 그 빚 전 안 받아요, 안 받아."

그 순간, 밝은 표정의 김윤찬이 수술방 안으로 들어왔다.

"뭐야? 언제 들어온 거야?"

"지금 막 들어왔지. 조진남 교수! 괜히 신경 쓸 거 없어요. 소문이라는 게 들으라고 나는 거 아닙니까?"

여유만만한 태도의 김윤찬이었다.

"……"

"유권자로서 궁금한 게 있으면 당연히 알아야죠. 다만, 수술방에서는 환자에 집중합시다! 나중에 내 방으로 와요, 내가 직접 설명해 줄 테니까."

"네. 죄송합니다, 교수님!"

"네네. 분위기가 왜 이래요? 다들 힘들 냅시다! 그럼 이건 이 정도로 해 두고, 우리 환자 바이탈 어떻습니까?"

김윤찬이 간호사의 도움을 받아 라텍스 장갑을 끼며 물었다.

"네. 크게 문제 되는 부분은 없습니다."

"좋아요! 그러면 수술 시작하도록 합시다. 다들 집중합시다. 막힌 곳이 다섯 군데나 됩니다. 우리 지금부터 시원하게 뚫어 봅시다!"

여느 때같이 경쾌한 목소리로 의료진을 독려하는 김윤찬이었다.

"네, 교수님!"

그렇게 언제나 그랬던 것처럼 김윤찬의 집도하에 관상동맥 우회술이 시작되었다.

"헤파린(혈액응고방지제) 지금 투여할까요?"

"네, 그렇게 합시다."

"펌프 갑시다."

"네. 펌프 온!"

"바이패스 정상적으로 작동합니까?"

"네. 지금 정상 가동 시작했습니다."

수술방 의료진이 부산하게 움직이기 시작했다.

"좋아요. 심장 멎었습니까?"

"네."

"환자 체온 얼마나 됩니까?"

"네. 28.5도입니다."

"적당하군요. 이제 시작합시다."

잠시 후.

그렇게 김윤찬의 집도가 시작되었고, 항상 그랬던 것처럼 수술은 완벽하게 끝났다.

"진짜 사실이 아니겠지? 수술을 이렇게 잘하시는데?"

수술이 끝난 후, 수술상을 정리하던 간호사들이 수군거렸다.

"맞아. 그럴 리가 있나? 김윤찬 교수님이 그럴 분이 아니잖아?"

"아니지. 그거야 장담할 순 없어. 신이 아닌 이상 실수라는 건 할 수 있는 거고, 그렇게 실수하다 보면 무리수를 두기 마련이거든?"

"하아, 진짜일까? 난 절대 아니라고 봐."

지금 원내에 떠돌고 있는 김윤찬에 관한 괴소문을 믿는 사람들과 믿지 않은 사람은 거의 50 대 50 수준이었다.

불행 중 다행이라고도 할 수 있겠지만, 김윤찬의 입장에선 치명적인 것만큼은 확실했다.

윤장현 부원장과 한상훈 과장의 네거티브 전략이 완전히 맞아떨어진 결과였다.

김윤찬이 유일하게 윤장현에게 내세울 수 있었던 의사로서의 책임감과 도덕성이 와르르 무너져 버렸다.

의사의 실수로 환자를 사망케 하고, 그것도 모자라 그 실수를 덮기 위해 환자 가족들을 돈으로 매수하려 했다는 것.

이것 자체만으로 김윤찬은 원장으로 선출될 자격이 없었다.

가장 큰 장점이 가장 치명적인 단점으로 변해 버린 상황. 이 문제를 해결하지 않고서는 김윤찬이 할 수 있는 건 아무것도 없었다.

병원장 선거에서 자진 후보 사퇴를 하는 것 말고는.

♥

고함 교수 연구실.

"뭔가 우리도 대응을 해야 하는 거 아닌가?"

고함 교수가 심각한 표정으로 물었다.

"대응이라는 것이 있을 수 있겠습니까? 그냥 조용히 상황을 지켜보는 것이 맞는 것 같습니다."

"그대로 인정하겠다는 건가?"

"사실이 아니니까요."

김윤찬의 표정은 담담했다.

"그건 나도 알아. 하지만 지금 이렇게 침묵하고 있으면 사람들은 그걸 사실로 믿을 걸세. 반박을 하든, 해명을 하든. 뭐든 해야 하는 것이 맞지 않겠나?"

"네, 해야겠지요. 하지만 제 입으로는 아닙니다."

"음, 역시 그 칼을 잡을 생각이신가?"

고함 교수 머리에 뭔가 떠오르는 사람이 있는 듯했다.

"제가 잡고 싶다고 잡을 수 있는 칼은 아닌 것 같습니다."

"음, 그렇군."

"너무 걱정하지 마십시오. 이번 일은 제가 알아서 대응하겠습니다."

"그래, 그거야 당연히 네가 알아서 잘하겠지."

"네. 그나저나 원도경 환자 상태가 만만치가 않습니다."

"그렇군. IPF(폐 섬유화)가 그렇게 급속도로 진행되는 환자는 나 역시 보다 보다 처음이야. 검사는 다 해 본 거지?"

"네, 그렇습니다. 조직생검을 했는데, Honeycombing(폐가 벌집 모양으로 보이는 것) 섬유 세포 군집이 곳곳에 산재해 있더라고요. IPF가 맞는 것 같습니다."

"그렇군. 치료는 어떻게 하고 있는 거지?"

"일단은 약물 치료에 의존하고 있습니다. 피르페니돈(Pirfenidone)과 보센탄(Bosentan)을 함께 사용하고는 있는데, 교수님도 아시다시피 이 약들이 딱히 큰 효과가 있는 게 아니라서요."

"결국 수술뿐인가?"

"지금으로서 최선은 그 방법뿐인 것 같습니다."

"하아, 폐 이식이라면 이기석 교수가 세계 최고 수준 아닌가?"

"그렇습니다. 폐 이식뿐만 아니라, IPF 분야에선 이기석 교수님을 따라갈 사람이 없죠. 이 지구상에선!"

"맞아, 그렇다고 봐야지."

"하아, 오늘따라 이기석 교수님이 뵙고 싶네요."

"뭐, 우리말에 '간절히 원하면 이루어진다.'라는 말도 있지 않나? 소원을 빌어 보게. 이루어질지 누가 아나?"

"네? 그게 무슨 말씀입니까?"

바로 그때였다.

"하하하, 나 그 정도는 아니야!"

고함 교수실의 문을 열고 들어오는 사람. 그는 지금까지 두 사람의 대화의 주인공이었던 이기석 교수였다.

"어? 교수님!"

이기석 교수의 모습에 김윤찬이 반사적으로 튀어 올랐다.

"오랜만입니다, 김 교수!"

이기석 교수가 환한 얼굴로 김윤찬과 악수했다.

"연락도 없이 이렇게 오시면 어떡합니까? 진짜, 제가 아는 이기석 교수님이 맞으십니까?"

김윤찬이 반가워 어쩔 줄 몰라 했다.

"하하하! 왜, 꿈인지 생시인지 내가 볼 좀 꼬집어 줄까요?"

여유로운 표정의 이기석 교수가 장난스러운 표정으로 말했다.

"와……. 천하의 이기석 교수님이 그런 농담도 하실 줄 아십니까? 그나저나 잠깐 들르신 겁니까?? 언제 오신 거예요?? 아, 맞다! 제가 알기론 AATS(미국 흉부외과학회)에서 논문 발표하신다고 들었는데? 이번에 발표하실 논문이 세상을 발칵 뒤집어 놓으실 거라고 소문이 자자했거든요?"

이기석 교수 앞에서 어린애처럼 조잘대는 김윤찬. 천하의 그조차도 어느새 스승 앞에서 어리광을 피우는 제자가 되어 버렸다.

"김 교수! 숨찹니다, 숨차요! 하나씩 하나씩 물어보면 안되나? 가장 궁금한 게 뭐죠?"

"죄송합니다. 한국엔 어떻게 오셨어요? 그게 가장 궁금합니다."

"그게 가장 중요한 이유가 되겠군!"

"네? 한국에 중요한 일이 있으셨던 겁니까?"

"암, 중요하죠. 내가 가장 사랑하는 사람의 일이니까. 중요하고말고."

"아! 혹시 결혼하십니까? 저 몰래 사귀시던 분이 있으셨던 건가요??"

"하하하, 이제 와서 결혼은 무슨?"

이기석 교수가 머쓱한 듯 얼굴을 붉혔다.

"저 사람은 환자랑 결혼한 사람이잖나. 내가 오라고 사정했어. 물론 오고 안 오고는 이기석 교수 맘인데, 결국 이렇게

와 줬네?"

"저, 정말요?"

"그럼, 그럼. 윤찬이 넌 모를 거다. 이기석 교수가 널 얼마나 아끼는지. 저 인간, AATS 논문 발표까지 미루고 온 거야."

"진짜십니까? 그게 얼마나 중요한 일인데, 왜 그러셨어요?"

고함 교수의 말에 김윤찬이 어리둥절한 표정을 지었다.

"그렇게 감동 먹은 표정까지는 할 필요 없어요. 도쿄대학병원에 자문할 일도 있고 해서 겸사겸사 온 거니까."

이기석 교수가 대수롭지 않다는 듯이 손을 내저었다.

"아무리 그래도 이렇게 불쑥 나타나시니까 당황스럽네요."

"됐습니다. 그건 그렇고, 이사장 자리도 아니고 그깟 원장 자리를 놓고도 이렇게 힘겨워하면 앞으로 이 힘든 세상을 어떻게 살아가려고 그럽니까?"

이기석 교수가 입을 삐죽거렸다.

"제가 원장 선거에 출마한 걸 알고 계셨군요?"

"당연하죠. 지금이 어느 시대인데 그걸 모릅니까? 내가 미국에 있어도 김 교수 일거수일투족은 아마 이택진 교수보다 잘 알고 있을걸."

"하하하, 그렇습니까?"

"그나저나 이게 뭡니까? 그깟 말도 안 되는 루머에 빠져 허우적대는 꼴하곤."

"면목 없습니다."

김윤찬이 힘없이 고개를 떨어뜨렸다.

"괜찮아요! 잘못된 루머라면 바로 잡으면 그만이야."

"당연하지. 그래서 내가 이기석 교수를 이렇게 급히 호출한 것 아닌가? 지금 상황에선 이기석 교수 입보다 믿을 수 있는 건 없으니까. 지금 원내에 돌고 있는 소문은 당연히 루머겠지?"

"Sure as shooting(두말하면 잔소리)! 당연히 헛소문입니다. 당시에 제가 김윤찬 교수 곁에 있었는걸요?"

이기석 교수가 당연하다는 듯이 고개를 끄덕였다.

❤

몇 년 전, 존스홉킨스 흉부외과 진료실.

"낸시, 아무래도 PET 스캔(양전자 방출 단층 촬영, MRI와 유사)를 해 봐야 할 것 같아요. 단순한 엔지니어 펙토리(협심증)가 아닐 수도 있으니까요."

"읍스! 저 진짜 그거 무서워요. 스테노포비아(폐쇄 공포증)가 있어요! 가슴이 답답해서 미칠 것 같거든요!"

"아, 그래요? 검사 시간은 그렇게 길지 않을 텐데요? 대략

20분 정도면 충분할 겁니다."

"노노! 20분이 아니라 2분도 전 못 견뎌요. 다른 방법이 없겠습니까?"

"음, 아무래도 PET 스캔을 해 보는 것이 좋을 것 같은데…… 그러면 이렇게 하죠. 검사받으시는 동안 안정제를 투여해 드릴게요. 아마 약을 드시면 괜찮아지실 겁니다."

"정말요? 그럼 가슴이 두근거리지 않나요?"

"네, 그럴 겁니다."

"오케이! 알겠어요. 그럼 그렇게 한번 해 보죠."

"네. 1시간 후에 검사할 거고, 제니퍼(흉부외과 전문 간호사)가 준비해 줄 겁니다. 그러면 검사 끝나고 1시간 후에 뵙죠. 제가 곧 오퍼레이션이 있어서요."

"알겠습니다. 그렇게 할게요!"

잠시 후.

"제니퍼, 낸시 환자 PET 스캔할 건데, 검사 전에 Versed(미다졸람, 진정제) 좀 투여해 줘요."

"네, 알겠습니다."

"제니퍼, 우리 병원은 전자동 캐비닛 시스템을 구축하고 있는 것 알죠?"

"물론이죠."

전자동 캐비닛 시스템이란, 환자의 병명을 마우스로 클릭

하면 그 병에 해당되는 약이 들어 있는 캐비닛 서랍만 열리는 시스템으로, 약을 잘못 투여할 가능성이 거의 없는 시스템이었다.

"그래도 'Ve'로 시작되는 약 종류가 굉장히 많고, 그중에는 환자에게 투여할 경우 치명적인 약들도 많아요. 투여하기 전에 반드시 확인하고 투여해 주기 바라요."

"그럼요. 아무 걱정하지 마세요. 저도 이 병원에서만 3년이 넘은 베테랑이니까요."

"그럼요. 당연히 믿죠. 전 오퍼레이션이 있어서 가 봐야하니까, 검사 마치면 저한테 연락 줘요."

"네, 알겠습니다. 다녀오세요."

"그게 아무 걱정이 없는 게 아니었어요."

지난 일을 회상하던 이기석 교수가 심각한 표정으로 말을 이어 갔다.

"어떻게 된 건데?"

"실수가 있을 수 없는 시스템에서 실수가 일어난 겁니다."

"어떻게 말인가?"

고함 교수가 궁금한 듯 눈매를 좁혔다.

"진정제를 투여해야 할 환자한테, 베큐로늄을 투여하고

만 거죠."

"뭐라고?? 베큐로늄(마취제)이라고?? 그건 마취제 아냐??"

"맞습니다. 굉장히 강한 마취제죠. 분명 제니퍼가 약을 투여할 때 시스템상에 에러 메시지가 떴음에도 불구하고 이를 무시하고 투여했던 거죠."

"하아, 미국에서도 그런 실수를 할 수 있는 건가?"

고함 교수가 어이없다는 듯이 혀를 내둘렀다.

"네. 결국 모니터 룸으로 옮긴 환자는 의식을 잃었고, 심폐 소생술을 했지만 30분 만에 사망하고 말았습니다."

"윤찬이가 그렇게 경고를 했는데도 결국 사달이 나 버린 거군?"

고함 교수가 침통한 표정으로 아무 말도 하지 않고 있는 김윤찬의 얼굴을 바라봤다.

"그렇습니다. 김윤찬 교수는 수술을 하고 있었으니 아무 것도 할 수 없는 상황이었고, 수술을 마치고 나오니 환자가 사망한 안타깝고 어이없는 해프닝이었죠."

"하아, 그러면 윤장현 측에서 이걸 가지고 사건을 부풀려 이런 헛소문을 퍼뜨린 건가?"

"아마도 그런 듯싶습니다."

이기석 교수가 고개를 끄덕였다.

"미치겠네. 와! 이 인간들 너무 지저분하게 나오는데? 그러면 윤찬이가 돈으로 그 사망한 환자 보호자를 매수하려 했다는 건 뭔가?"

"낸시의 집안이 워낙 형편이 어려웠던 모양이에요. 낸시가 작은 상점을 운영하면서 어렵게 가정을 꾸려 나가고 있었는데, 갑자기 가장이 사망하니 얼마나 당혹스러웠겠어요? 당장 먹고살 길이 없으니 결국 김 교수가 도의적인 책임을 진 겁니다. 자신의 사비를 털어서."

"하아, 미치겠네. 김윤찬! 네가 질 책임이 아니야, 이건! 왜 그런 쓸데없는 짓을 한 거야?"

"……."

고함 교수의 말에 묵묵부답인 김윤찬이었다.

"그건 어쩔 수 없었어요. 당장 낸시의 막내아들도 몸이 안 좋았거든요. 돈이 없으면 아무것도 할 수 없는 곳이 미국 아닙니까? 아이는 당장 치료를 받아야 하고, 존스홉킨스 측에선 진상 조사를 핑계로 시간만 끄는데 어떡합니까? 그래서 김윤찬 교수가 결단을 내린 겁니다. 아이를 살리기 위해서."

이기석 교수가 애잔한 눈빛으로 김윤찬을 응시했다.

"하여간 저 모지리 같은 새끼! 그렇게 마음이 약해서 어디다 써먹어? 어? 네가 자선 사업가냐?"

고함 교수가 답답하다는 듯이 가슴을 내리쳤다.

"전 오히려 이런 김윤찬 교수가 부러운걸요? 환자 보호자에게 금전적 보상을 한다는 게 무슨 의미인지는 교수님도 잘 아시지 않습니까?"

"당연하지. 자신의 잘못을 인정하겠다는 뜻 아닌가??"

"그럼에도 불구하고 김윤찬 교수는 아픈 아이를 선택한 겁니다. 전 감히 생각지도 못한 일을 김 교수가 한 거예요. 정말 존경합니다."

"존경…… 그래그래. 솔직히 내 제자이긴 하지만, 어떨 때는 저놈이 내 스승인 것 같을 때도 많아. 좋아! 그건 그렇다 치고, 이 진실을 어떻게 사람들에게 알릴 건가?"

"이거요. 여기에 모든 진실이 담겨 있으니까요."

고함 교수의 질문에 이기석 교수가 가방에서 USB 하나를 꺼내 들었다.

"이건 뭔가?"

"진실이 담긴 입이죠. 고함 교수님! 최대한 빨리 교수 회의를 소집해 주십시오."

이기석 교수가 손에 든 USB를 물끄러미 응시했다.

❤

연희대 부속병원 교수 회의.

교수 회의 소집은 그리 어렵지 않았다.

고함 교수의 회의 소집도 있었지만, 최근 떠도는 김윤찬의 소문에 대한 진상을 파악해야 할 필요가 있었기 때문이었다.

"금일 회의는 항간에 떠돌고 있는 김윤찬 교수의 비위 관련 사항에 대한 사실 확인과 더불어 김윤찬 교수의 해명을 듣도록 하겠습니다."

이번 병원장 선거 관리위원장인 조두복 안과 교수가 회의를 상정했다.

조두복 위원장을 비롯해 공정한 선거 관리를 위해 선임된 위원들 거의 대부분은 윤장현 부원장 측 사람들이었다.

"먼저 한상훈 교수님께서 모두 발언을 하도록 하겠습니다. 한상훈 교수님, 단상 앞으로 나와 주시기 바랍니다."

조두복 위원장의 말이 끝나자, 한상훈 교수가 두툼한 서류 뭉치를 들고 단상으로 나왔다.

"저는 지금부터 피를 토하는 심정으로 김윤찬 교수의 비위 사실을 여러분들께 낱낱이 밝히고자 합니다."

흠흠, 침통한(?) 표정의 한상훈 교수가 들고 있던 문서들을 펼쳐 읽기 시작했다.

"전 김윤찬 교수와는 그가 인턴으로 재직하던 시절부터 함께해 온 사람입니다. 그 누구보다 김윤찬 교수가 뛰어난 실력을 갖추고 있고, 그 누구보다 책임감과 사명감이 투철한 참된 의사라고 생각하고 있었습니다. 물론 지금도 그 마음은 변함이 없고, 이 자리에서 김윤찬 교수가 이 모든 의혹에 대해 깨끗이 해명해 주길 간절히 바라고 있습니다."

웅성웅성.

"한상훈 교수가 저 정도로 말할 정도면 뭐가 있어도 있는 것 아냐?"

"당연하지. 표정을 봐. 참담한 표정이잖아. 아무리 아웅다웅해도 같은 과 교수인데, 아무런 근거도 없이 모함을 하겠냐고?"

한상훈 교수의 모두 발언이 시작되자 장내가 술렁거리기 시작했다.

"그래서 이렇게 공론화의 자리를 요청한 것입니다. 우리 병원을 대표하고, 더 나아가서는 우리나라 흉부외과계에 한 획을 그을 명의로서 이 자리에서 꼭 사실이 아니라 잘못된 소문이었음을 밝히길 간절히 바랍니다. 이상입니다."

한상훈 과장이 차분한 목소리로 모두 발언을 마쳤다.

"한상훈 교수, 수고하셨습니다. 그러면 지금부터 질의응답식으로 김윤찬 교수의 발언을 들어 보도록 하겠습니다. 김윤찬 교수, 단상 앞으로 나와 주십시오."

조두복 교수가 김윤찬을 호명했고 김윤찬이 천천히 단상 앞으로 나갔다.

"이택진 교수, 진짜 괜찮은 거야?"

김윤찬이 아무것도 들지 않은 채 단상 위로 올라가자, 옆에 있던 교수가 이택진에게 물었다.

"뭐, 두고 보면 알겠지?"

"하아, 그러니까! 자네는 김윤찬 교수랑 친하잖아. 결론만 말해 봐. 사실이야, 누명이야? 궁금해 미치겠다고! 김 교수

표정으로 봤을 땐 분명 뭔가 있는데 말이지. 아니 땐 굴뚝에 연기 나겠냐고?"

"이 친구야! 요즘 누가 굴뚝을 때? 거참, 이런 올드한 단어를 쓰니까 애들이 너보고 틀딱이라고 하는 거야. 어휴, 지못미!"

"지못미?? 그게 뭐야?"

"어휴, 틀딱 냄새 나서 같이 못 앉아 있겠다. 널 지켜 주지 못해서 겁나 미안하다, 미안해!"

이택진이 인상을 구기며 옆자리로 옮겼다.

"그러면 질의하겠습니다. 김윤찬 교수가 존스홉킨스 심장 센터에 재직하고 있을 당시, 낸시라는 여자 환자를 진료한 적 있습니까?"

"그렇습니다."

김윤찬이 담담한 어조로 답했다.

"그렇다면 환자의 병명은 무엇이었습니까?"

"협착성 협심증이었습니다."

"협착성 협심증이 뭔지 설명해 주실 수 있습니까?"

"관상동맥에 콜레스테롤이나 기타 이물질들이 쌓여 좁아지면서 혈류량이 감소하는 질병입니다."

"그렇다면 그 협착성 협심증에 의해 사망할 수도 있는 겁니까?"

"다른 병도 그렇겠지만, 심장에 관련된 모든 질병은 사망의 가능성이 분명 존재합니다."

"아니요. 그런 원론적인 걸 묻는 것이 아닙니다. 단순 협착성 협심증으로 진단받은 환자가 갑자기 사망할 수 있느냐고 물었습니다."

"그건 확신할 수 없습니다."

"확신할 수 없다? 애매모호한 대답이군요. 그렇다면, 흉부외과 과장인 한상훈 교수님한테 여쭙겠습니다. 김윤찬 교수에게 했던 질문과 동일합니다. 답하실 수 있겠습니까?"

"협심증은 인구 1백 명당 1명꼴로 발생하는 비교적 흔한 심장 질환입니다. 협심증 하나만 놓고 본다면 사망할 확률은 제로에 가깝다고 할 수 있습니다. 협심증으로 사망했다면 두 가지 케이스뿐입니다."

"그 두 가지가 뭐죠?"

"첫째, 심근경색을 협심증으로 오진했거나, 둘째, 치료를 잘못했거나겠죠. 단언컨대, 제 환자 중에 협심증으로 진단받았던 환자가 사망하는 일은 없었습니다."

오진이거나, 치료가 미숙했거나. 이 둘 다 김윤찬에게는 치명적이었다.

"와, 뭐냐? 좀 전에 모두 발언을 했을 때와는 완전히 다른데?"

"그러게? 그나저나 협심증으로 환자가 사망할 수 있나? 그것도 갑자기?? 최 교수가 말해 봐. 심장내과 전문의 소견은 어때?"

"매우 드문 케이스지, 뭐. 그럼에도 불구하고 급사했다면 다른 이유가 있지 않겠어? 아니면……."

"아니면 뭔데?"

"뭐긴 뭐야, 의료사고지. 엔간해선 협심증 가지곤 안 죽어. 우리도 스탠트 시술이 보편화되었는데, 존스홉킨스에서 그 정도를 가지고 사람을 죽이냐? 말도 안 되지."

"그렇군. 이거 점점 김윤찬 교수가 불리해지는데?"

교수들이 삼삼오오 모여 웅성거리기 시작했다.

"한상훈 교수님은 협심증으로 환자가 사망하는 케이스가 없다고 하시는데, 이에 동의하십니까?"

"아뇨, 동의할 수 없습니다. 변이형 협심증일 확률을 무시할 수 없는 환자였죠. 변이형 협심증의 경우, 급성 심근경색이나 심실 빈맥으로 바뀌어 급사할 가능성은 충분히 있습니다."

"낸시 환자는 변이형 협심증이 아니었던 걸로 알고 있는데요? 관상동맥이 좁아진 전형적인 협착형 협심증이었습니다. 게다가 변이형 협심증이라 할지라도 그 예후는 양호한 편이라 약물 치료로 충분히 치료가 가능합니다."

김윤찬이 반론을 제시하자 한상훈이 지지 않고 반격하기 시작했다.

"그래서 정확한 진단을 내리기 위해 PET 스캔을 했던 것입니다."

"PET 스캔은 뭡니까?"

그러자 조두복 위원장이 끼어들었다.

"세포의 영양소 중 일부에 동위원소를 부착해 이미지로 나타내는 장치입니다."

"그렇다면 MRI와 비슷한 겁니까?"

"다소 차이는 있으나 그렇다고 보면 됩니다."

"그러면 낸시라는 환자에게 PET 스캔을 했던 이유는 환자의 정확한 병을 진단하기 위한 것이었습니까?"

"그렇습니다."

"그렇다면 PET 스캔 결과는 어떻게 나왔습니까?"

조두복 위원장이 궁금한 듯 물었다.

"……."

"김윤찬 교수님! 왜 아무 말이 없는 겁니까? PET 스캔 결과는 어떻게 나왔냐고 물었습니다."

"그건 제가 말씀드리죠."

김윤찬이 계속 묵묵부답으로 일관하자, 한상훈이 나섰다.

"잠시만, 다시 묻겠습니다. 김윤찬 교수! 낸시의 PET 스캔 결과는 어떻게 나왔는지 말씀하십시오."

"……."

여전히 아무 말도 하지 않는 김윤찬.

"좋습니다! 이러면 이럴수록 김윤찬 교수한테 불리하다는 것만 기억해 두십시오. 한상훈 교수님! 말씀해 보십시오."

조두복 위원장이 김윤찬에게 경고의 메시지를 날렸다.

"네, 말씀드리겠습니다. 김윤찬 교수가 아무 말도 할 수 없었던 이유가 있습니다."

"그게 뭡니까?"

"환자는 PET 스캔 결과를 확인하기 전에 사망했으니까요."

웅성웅성.

"뭐야? 그러면 진짜 그 소문이 사실인 건가?"

"그런가 봐. 그 환자, PET 스캔 받고 30분도 채 지나지 않아 사망했다더라고."

"와 씨, 그게 진짜 사실인가 보네? 그렇다면 그 실수를 덮으려고 김윤찬 교수가 돈으로 사망한 환자 보호자를 매수하려 했던 것도 사실인가?"

"지금 분위기상 그렇지 않겠어? 저 봐, 김윤찬 교수도 아무 말을 못 하잖아?"

교수 회의가 시작된 이래로 가장 분위기가 뒤숭숭한 회의실이었다.

"일단 좀 더 지켜보자고!"

"한상훈 교수님, 좀 더 자세히 설명을 해 주시겠습니까?"

"네, 그렇게 하겠습니다."

자리에서 일어난 한상훈이 단상 앞으로 천천히 걸어왔다.

"당시 환자는 PET 스캔을 받는 도중 심정지가 왔고, 급히 심폐 소생술을 실시했지만, 이미 뇌 손상이 심해 뇌사에 이르고 말았습니다. 결국 일주일간 중환자실에 들어가 생명을 연명하다가, 끝까지 치료를 하겠다는 보호자들이 돌연 환자를 포기하겠다고 선언하며 산소호흡기를 뗐죠."

"치료를 포기하겠다고요? 그 이유가 있을 것 아닙니까?"

조두복 위원장이 궁금한 듯 물었다.

"당연히 이유가 있죠. 환자는 PET 스캔을 받는 도중 돌연 사망했고, 그 모든 책임은 김윤찬 교수한테 있었으니까요."

"그, 그게 정말입니까?"

당황한 조두복 위원장이 말을 더듬었다.

"그렇습니다. 곧바로 진상 조사가 시작되었고, 존스홉킨스 측에서는 최대한 사건을 축소, 은폐하려 했습니다. 그리고 김윤찬 교수가 그 역할을 대신했죠."

"그 역할이라는 것이 구체적으로 무엇입니까?"

꿀꺽, 조두복 위원장이 마른침을 삼켜 넘겼다.

"매수! 김윤찬 교수는 곧바로 사망한 환자의 가족을 찾아가 그 가족을 매수했습니다. 이 모든 사건에 이의를 제기하지 않은 조건으로 김윤찬 교수로부터 금전적인 대가를 받은 거죠."

웅성웅성.

"게임 끝이야. 이건 도무지 의사로서 하지 말아야 할 걸 해 버렸네."

"와, 진짜 의외네. 김윤찬 교수가 그런 짓을 했을 거라고는 정말 생각도 못 했어. 솔직히 소문이 돌았을 때도 설마 했거든."

"진짜 이게 말이 되나? 어떻게 인두겁을 쓰고 이런 파렴치한 짓을 할 수 있는 거지?"

아수라장 같은 회의장 분위기였다. 한상훈의 맹폭에 김윤찬은 침묵으로 일관했고, 회의실에 모인 모든 교수가 비도덕적인 김윤찬의 행태에 치를 떨었다.

"조용! 조용히 하세요! 정숙하세요. 묻겠습니다! 김윤찬 교수, 지금 한상훈 교수가 한 말이 전부 사실입니까?"

"제 입으로 아니라고 말씀드리면, 믿겠습니까?"

여전히 흐트러짐 없는 김윤찬의 태도였다.

"아뇨, 믿을 수가 없군요. 여기 한상훈 교수가 제시한 자료가 모든 것을 증명하고 있으니까요! 다만, 우리 병원에 일정 부분 공로가 있는 교수로서 마지막 변론의 기회를 주려는 겁니다. 다시 묻겠습니다. 이 모든 것이 사실입니까?"

조두복 교수가 매서운 시선으로 김윤찬을 응시했다.

"……끝났어!"

묵묵히 회의 진행 상황을 지켜보던 윤장현 부원장.

그가 입가에 야릇한 미소를 띠며, 천천히 자리에서 일어나려 할 때였다.

지지이잉.

그 순간, 조병천 원장의 핸드폰이 떨렸다.

"네, 이사장님!"

조병천 원장이 얼굴을 돌려 조심스럽게 통화 버튼을 눌렀다.

─지금 회의는 어떻게 진행되고 있는 겁니까?

"하아, 이거 완전 나가리가 될 것 같은데요? 김 교수가 일방적으로 당하고 있습니다. 처남 측 사람들도 이제 회의실을 나가려고 하는 것 같은데요?"

─하아, 미치겠네? 그래서요? 김윤찬 교수는 아무런 말도 못 하고 있는 겁니까?

"그런 것 같습니다! 아무래도 김윤찬 교수가 모든 사실을 받아들이는 것 같아요."

─말도 안 돼! 그걸 지금 말이라고 하는 겁니까? 어떻게든 막아야죠. 당신이라도 나서서……

"이사장님, 잠깐만요! 잠깐만 전화 끊어 보세요!"

─왜요? 무슨 일인데요?

"아, 지금 이게 무슨 상황인지 정확히는 모르겠지만, 미국에 가 있는 이기석 교수가 회의실로 들어왔어요!"

─뭐, 뭐라고요? 존스홉킨스 이기석 교수요?

"그렇습니다. 동아줄인지 쐐기를 박는 몽둥이인지는 모르겠으나, 아무튼 그가 왔습니다! 잠시 전화 끊겠습니다! 좀 있다가 다시 보고드릴게요!"

조병천 원장이 황급히 전원 버튼을 눌렀다.

"어이, 윤장현 교수! 회의는 이제부터 클라이맥스인데, 어디 자리를 뜨려고 하나? 좀 더 앉아 있지 그래?"

바로 그 순간, 고함 교수가 이기석 교수와 함께 회의실 안으로 들어왔다.

연희대 부속병원 교수 회의 단상.

이기석 교수가 천천히 단상으로 올라가 마이크를 집어 들었다.

웅성웅성.

"이기석 교수님이시잖아?"

"어? 미국에 계신 줄 알았는데 언제 오신 거지?"

갑작스러운 이기석 교수의 등장에 회의장이 술렁거리기 시작했다.

"오랜만입니다. 제가 아직 연희병원에 적을 두고 있는 사람이니, 이 자리에 설 자격은 충분하다고 생각하는데. 맞습니까, 위원장님?"

이기석 교수가 고개를 돌려 조두복 위원장을 바라봤다.

연희대 의대 최연소 합격자에, 사상 최고의 성적으로 입학해 존스홉킨스에서 박사 학위를 받은 연희병원의 적자 중의 적자!

여전히 이기석 교수는 연희병원의 전설과도 같은 존재였다.

그가 지금 단상 앞에 서 있는 상황에 그 누가 이기석 교수의 입을 막을 수 있겠는가.

"음, 네. 규정상 안 될 것은 없습니다만, 우리가 이해할 수 있도록 설명을 해 주시겠습니까?"

"우리 속담에 '중이 제 머리는 못 깎는다.'라고 있죠? 아무래도 김윤찬 교수가 자기 입으로 미담을 담는 데 쑥스러운 것 같아서요. 제가 대신 칭찬을 해야 할 것 같아서 이 자리에 나왔습니다."

이기석 교수가 여유로운 표정으로 좌중에 시선을 흩뿌렸다.

"칭찬이요?"

"그렇습니다. 칭찬과 함께 같은 동업자 정신을 망각한 한 사람을 고발하러 나왔습니다."

"고발이라고요??"

웅성웅성.

"칭찬?? 게다가 고발이라고?? 뭘 하려는 거지?"

"뭔가 있나 봅니다. 좀 더 지켜봅시다."

상황이 급격히 반전되자 교수들이 동요하기 시작했다. 단 두 사람만 제외하고는 말이다.

"이기석 교수!"

이기석 교수의 등장에 제일 긴장한 건 윤장현 부원장이었
다.

"어, 어떻게 하죠? 부원장님?"

윤장현 부원장은 긴장한 정도였지만, 한상훈의 표정은 그
와는 확연히 달렸다.

"표정 관리 잘하세요. 지금 당신 얼굴이 얼마나 엉망인 줄
아십니까?"

윤장현이 정면을 바라보며 무표정한 얼굴로 말했다.

"네네, 죄송합니다. 그래도 어떻게든 정회라도 해서 지금
상황을 넘겨야 하지 않겠습니까? 분명 뭔가 들고나온 것 같
은데……."

"그러면 과장님이 올라가셔서 저 사람을 끌어 내리시든가
요."

"네?"

"그렇게 못 하시겠다면 그냥 가만히 계세요. 보는 눈이 많
습니다."

"네, 아, 알겠습니다."

식은땀을 비 오듯 흘리는 한상훈이었다.

"설마 제가 시키지도 않은 무슨 짓을 하신 건 아니겠죠?"

"……."

"뭡니까? 뭔가를 하신 겁니까?"

"그, 그게 아니라……."

한상훈 과장이 안절부절 말을 잇지 못했다.

"뭔가 쓸데없는 짓을 한 모양이군요. 만약에 내 생각이 맞는다면, 지금부터 일어나는 모든 일은 저와는 상관이 없는 걸로 해 두셔야 할 겁니다."

"네??"

"살고 싶다면 말입니다."

두 사람에게 시선이 모이자 윤장현이 억지웃음을 지으며 조용히 말했다.

"아, 알겠습니다."

바로 그때였다.

회의장에 스크린이 내려왔고, 이기석 교수로부터 USB를 넘겨받은 이택진이 동영상을 재생하자 한 흑인 남자가 화면에 모습을 드러냈다.

["닥터 라이언은 저의 생명의 은인입니다!"]

["생명의 은인이라뇨? 좀 더 자세히 설명해 주시겠습니까?"]

["엄마가 불의의 사고로 죽고, 저 역시 뇌종양이 악화되어 수술을 받지 않으면 안 되는 상황이었죠. 그 수술을 받을 수 있도록 닥터 라이언이 저를 도와줬어요."]

["아, 그런 일이 있었습니까? 그렇다면 항간에 떠도는 닥터 라이언에 관한 소문은 사실이 아니라는 겁니까?"]

["No way(천만에요)! 그럴 리가 있겠습니까? 닥터 라이언은 아무런 잘

못이 없어요. 명백한 실수는 간호사, 제니퍼가 했습니다. 하지만 그 여자는 단 한 번도 저와 우리 가족을 찾아와 용서를 빌지 않았습니다."]

["음, 그렇군요."]

["존스홉킨스도 저희한테 아무런 해명을 하지 않았습니다. 진상 조사만 하겠다고 시간만 질질 끌 뿐이었죠. 그들과 싸워 줄 변호사를 선임할 형편도 되지 못했고 당장 제 몸이 성치 않으니, 아무것도 할 수 없는 난감한 상황이었습니다."]

["아, 그렇군요. 그렇다면 지금 한국에서 떠도는 돌아가신 어머님에 관한 루머는 사실이 아니라는 것이군요?"]

["당연하죠. 닥터 라이언이 저를 살려 준 겁니다. 그는 저와 우리 가족의 생명의 은인입니다!"]

["알겠습니다!"]

당시 사망한 낸시의 아들, 앤서니 제이의 인터뷰 영상이었다.

웅성웅성.

"뭐야 이건?? 지금까지 얘기와는 완전히 다르잖아? 이택진 교수! 이 교수는 이거 알고 있었어?"

완전히 뒤바뀐 회의실 분위기였다.

황당한 표정의 교수들이 입을 벌린 채 아무 말도 하지 못했다.

"저런 거야말로 미담 중의 미담이죠. 저 일을 계기로 김윤찬 교수가 존스홉킨스에 미운털이 박힌 것 아닙니까? 아마 저 일만 아니었으면, 거기 심장 센터장은 김윤찬 교수였을걸요? 젠슨이 아니라?"

"와! 그러면 왜 김윤찬 교수는 가만있었던 거야? 항변을 하든 해명을 하든 해야 할 것 아냐?"

"어처구니없네요. 교수님들도 눈 감고 귀 닫지 않았습니까? 윤찬이가 아무리 얘기한들 귓등으로나 들었겠습니까? 조봉규 교수님! 솔직히 교수님이 이렇게 나오실 줄은 꿈에도 몰랐습니다, 진짜!"

"미, 미안해! 한상훈 교수가 저렇게 자신만만해하니, 난 진짜 뭔가 있는 줄 알았지."

"됐습니다! 진짜 실망입니다, 실망!"

이택진이 조봉규의 시선을 매몰차게 외면했다.

"이 정도면 해명이 되겠습니까?"

이기석 교수가 조두복 위원장을 보며 말했다.

"당황스럽군요."

흠흠, 동영상을 지켜보던 조두복 위원장의 얼굴이 잔뜩 상기되어 있었다.

물론, 교수회의에 참가한 모든 교수의 표정도 마찬가지였지만.

"후우, 그나마 다행이군."

모두 뜻밖의 상황에 경악하고 있는 사이, 한상훈 과장은 혼잣말을 중얼거리며 안도의 한숨을 내쉬었다.

"뭐가 다행이라는 겁니까?"

윤장현 부원장이 곁눈질하며 퉁명스럽게 물었다.

"아, 아닙니다, 아무것도! 뭐, 지금 상황이야 난감하게 되긴 했지만, 김윤찬 교수가 맡은 환자가 사망한 것은 팩트이지 않습니까? 이 정도로 판이 뒤집힐 상황은 아니라고……."

바로 그때였다.

"이제 김윤찬 교수한테 씌워진 어이없는 누명은 벗겨진 것 같으니, 미담은 이것으로 마무리 짓도록 하겠습니다. 그러면 지금부터, 누군가를 왜 고발해야 하는지 여러분께 똑똑히 보여 드리도록 하겠습니다!"

이기석 교수가 눈짓하자 이택진이 고개를 끄덕거렸다.

그리고 또다시 재생되는 동영상.

좀 전에 끊겼던 부분부터 다시 인터뷰 영상이 재생되었다.

["미스터 제이, 왜 망설이고 계십니까?"]

["그게……."]

무슨 사연이 있는지 제이가 손가락만 만지작거릴 뿐, 고개를 숙인 채 아무런 말도 하지 않았다.

["무슨 사연이 있는지 모르지만, 솔직히 말씀해 주십시오. 당신이 그 토록 생명의 은인이라고 말씀하신, 닥터 라이언의 일이지 않습니까?"]

["……네, 말씀드리겠습니다."]

마침내 결심한 듯, 제이가 숙이고 있던 얼굴을 들었다.

웅성웅성.

"이택진 교수! 뭐야? 다 끝난 게 아닌 거야?"

"유명한 야구 선수가 그러지 않았던가요? '끝나야 끝난 거다.'라고? 좀 더 지켜보시죠? 아주 드라마틱한 일이 벌어질 테니."

후후후. 이택진이 흥미로운 듯 팔짱을 낀 채 동영상 화면을 주시했다.

["네, 말씀을 해 주시죠."]

["음, 사실 얼마 전에 한국에서 어떤 사람으로부터 연락이 왔습니다."]

["한국에서요?"]

["그렇습니다."]

["그 사람이 제이 씨에게 연락해서 뭐라고 했습니까?"]

["자기가 돈을 줄 테니, 낸시에 관한 모든 사항을 함구하기만 하면 된다고 했어요. 그렇게 하기만 하면 20만 달러를 주겠다고 했습니다. 혹시라도 닥터 라이언에 대해 묻거든, 자기가 시키는 대로 하기만 하면 된다고 했어요."]

["그래서 그 돈을 받았습니까?"]

["그렇습니다. 워낙 형편이 어려워서 그 돈의 유혹을 참을 수 없었어요! 하지만…… 도저히 제 양심이 허락지 않더군요. 결국, 제가 미친 짓을 했다는 걸 깨닫는 데까지 그리 오랜 시간이 걸리지 않았습니다. 그 사람이 보내 준 돈은 단 1달러도 쓰지 않고 가지고 있었습니다. 지금이라도 기회가 된다면, 닥터 라이언에게 사죄하고 싶습니다. 정말 죄송합니다!"]

["하아, 그런 일이 있었군요. 그렇다면 묻겠습니다. 그 돈을 준 사람이 누굽니까?"]

웅성웅성.

"지금 뭐야? 돈으로 매수한 사람이 김윤찬 교수가 아니었네?"

꿀꺽, 모든 교수가 마른침을 삼켜 넘기는 소리가 회의실을 가득 메웠다.

"그렇다면??"

그 순간, 모든 사람의 시선이 스크린에 쏠렸고, 스크린 속의 제이의 증언은 바로 이어졌다.

["프로패서 한상훈이라고 했습니다! 여기 그가 보내 준 20만 달러가 담긴 계좌가 있습니다."]

곧바로 제이가 20만 달러가 찍힌 자신의 계좌 내역을 공개했다.

하아!!

여기저기서 터져 나온 탄성과 한탄.

곧바로 모든 사람의 시선은 스크린에서 윤장현 부원장과 한상훈 과장에게로 옮겨졌다.

"지금 이 상황을 어떻게 설명하실 거죠?"

난감한 표정의 윤장현 부원장!

이제는 더 이상 평정심을 유지하기 힘든 상황이었다.

"아, 그, 그게 아니라, 제가…… 이건 다 부원장님을 위한 길이라고 생각…….."

"미쳤군요? 한상훈 과장님, 저를 아십니까?"

"네?"

"전 한 과장님이 무슨 일을 하고 다니시는 건지 모르겠군요!"

"네에?"

그 누구보다 빠르게 한상훈 과장을 손절하는 윤장현 부원장이었다.

동영상이 끝나자, 곧바로 이기석 교수가 마이크를 집어 들었다.

"지금 너무 착잡한 심정입니다. 김윤찬 교수의 미담은 밝혀지지 않아도 좋아요. 그것은 김윤찬 교수의 뜻이었으니까요. 하지만 동료 의식은 물론, 기본적으로 사람이라면 하지 말아야 할 짓을 한, 그 사람을 더 이상 용서하기 힘들 것 같습니다!"

한상훈 과장을 응시하는 이기석 교수의 눈빛에 분노가 가득 차 있었다.

그러고는 다시 말을 이어 나갔다.

"무고한 사람을 모함했으며, 그 사람의 명예를 실추시킨 점, 그것도 모자라 돈으로 매수하려 했던 점, 이 모든 것은 분명 범죄가 틀림없습니다."

"……."

"Culprits must be given examplary punishment! 한국말로는 일벌백계로 해석될 수 있겠군요. 전 대한민국의 사법 당국에 한상훈 교수를 고발하겠습니다! 그것이 제가 미국에서 여기까지 날아온 이유니까요! 이상입니다!"

웅성웅성.

"어이없네. 돈으로 매수하려고 했던 사람이 따로 있었어!"

"그러게 말이야. 어떻게 저렇게 파렴치한 짓을 할 수 있는 거지? 게다가 김윤찬 교수는 같은 과잖아?? 아무리 출세에 눈이 멀어도 그렇지, 이게 사람이 할 짓인가?"

모든 인터뷰 동영상이 종료되자, 상황은 180도 변해 있었다.

회의장에 모인 모든 교수가 한상훈 교수를 성토하고 나섰다.

"다시 말씀드리지만, 한상훈 교수님과 저는 모르는 사이입니다. 그리고 이번 일에 대해서 전 아는 것이 아무것도 없어요. 명심하세요! 살고 싶다면 이 모든 걸 혼자 짊어지고 가셔야 할 겁니다!"

"……."

윤장현 부원장이 미동도 하지 않은 채, 한상훈 과장을 향해 단호하게 말했다.

웅성웅성.

"조용! 조용히 하세요! 한상훈 교수님?"

장내가 시끄러워지자 조두복 위원장이 마이크를 들고 한상훈 교수를 호명했다.

"……."

정신이 반쯤 나간 얼굴로 아무 말도 하지 못하고 있는 그.

그저 손과 발이 사시나무처럼 떨리고 있을 뿐이었다.

"이보세요! 한상훈 교수님! 정신 차리십시오!"

"네??"

조두복 위원장이 호통을 치고 나서야 느릿하게 감추고 있던 얼굴을 들어 올리는 한상훈 과장이었다.

모든 것이 끝나는 순간이었다.

명백한 증거가 존재하는 만큼, 그 어떤 변명도 할 수 없는 처지가 되어 버린 한상훈 과장.

　이쯤 되면 그에게는 사망 선고와도 같은 것이었으리라!

화룡점정

"어떻게 해야 하는 겁니까?"

한상훈이 새파랗게 질린 얼굴로 윤장현 부원장에게 매달렸다.

"저한테 뭘 바라시는 겁니까? 지금 한 과장님을 실드 쳐달라는 건가요?"

"아, 아니⋯⋯. 그게 아니라, 이게 전부 부원장님을 위한 것 아닙니까?"

한상훈 과장의 손이 바들바들 떨렸다.

"저를 위한 것이라고요??"

"그렇지 않습니까? 지금까지 부원장님을 위해서 손이 발이 되도록 뛰었습니다!"

"저는 그렇게 시킨 적이 없는 걸로 아는데요?"

"이러시면 어떡합니까? 그러면 저는 어떻게 해야 한다는 건가요?"

한상훈 과장의 얼굴이 거의 사색이 되어 버렸다.

"그건 당신이 알아서 해야 하는 일 아닙니까? 왜 나한테 이러는 건지 이유를 모르겠군요. 비키세요!"

윤장현이 한상훈을 매몰차게 외면하며 자리에서 일어났다.

"윤장현 부원장님! 지금 이렇게 가시면 모든 혐의를 인정하신다는 게 됩니다. 뭔가 납득할 만한 해명을 하셔야 하지 않겠습니까?:"

그러자 마이크를 잡고 있던 조두복 위원장이 윤장현 부원장의 발길을 멈춰 세웠다.

"아뇨, 없습니다. 저는 지금까지 아무것도 몰랐습니다. 한상훈 과장 단독으로 한 일탈에 대해서 제가 해명해야 할 이유가 있습니까?"

기죽은 기색이 전혀 없는 윤장현 부원장이었다.

"아니, 그래도……."

"다시 말씀드리지만, 전 이 사안에 대해서 아는 것이 아무것도 없습니다. 오늘 교수 회의에서 처음 듣게 된 내용입니다. 그러니 더욱더 할 말이 없겠군요. 혹시라도 저와의 연관성에 대해서 우려하고 계시다면, 증거를 가지고 말씀하십시오."

"아, 알겠습니다. 그러면 한상훈 교수님께 묻도록 하겠습니다."

윤장현 부원장의 당당한 모습에 오히려 주눅이 든 건 조두복 위원장이었다.

"아, 가더라도 이 말은 해야겠다는 생각이 드는군요. 김윤찬 교수님!"

획, 윤장현 부원장이 몸을 돌려 김윤찬 쪽으로 향했다.

"네, 말씀하십시오."

"회의장에 들어와서 상정된 안건을 보고 굉장히 놀랐습니다. 역시 김윤찬 교수님이 그럴 리가 없었어요. 이제 모든 의혹이 풀린 것 같군요. 축하합니다!"

"네, 감사합니다."

"그래요. 앞으로도 우리 병원을 위해서 물심양면으로 신경 써 주시기 바랍니다. 그러면 나중에 또 뵙죠."

"네, 안녕히 가십시오."

윤장현 부원장이 김윤찬에게 짧은 인사만 남긴 채, 황급히 회의장을 빠져나갔다.

"한상훈 교수님! 해명할 기회를 드리겠습니다. 얼른 단상 앞으로 나오시죠."

"아, 아뇨. 아무 말도 할 얘기가 없습니다. 저도 이만 나가 보겠습니다."

"해명하지 않으면 불리해질 수도 있습니다. 이 모든 것들을 사실로 받아들이겠다는 뜻으로 알고 있어도 되겠습니까?"

"……."

한 번 더 해명할 기회를 줬음에도 불구하고, 한상훈은 고개를 숙인 채 바삐 회의실을 빠져나갔다.

모든 것이 한상훈의 농간이었음이 밝혀지는 순간이었다.

김윤찬 교수 연구실.

김윤찬 일행은 교수 회의를 마치고 김윤찬의 연구실로 돌아왔다.

"축하한다, 윤찬아!"

고함 교수가 잔뜩 고무된 얼굴로 김윤찬의 등을 두드려 주었다.

"축하받을 일이 있었나요? 그냥 원래 자리로 되돌아온 것뿐입니다."

"아니, 모든 것이 한상훈의 모략이었다는 게 백일하에 드러난 것만 해도 충분히 축하받을 일이지."

"그래, 윤찬아! 이제 한상훈 과장도 더 이상은 버틸 힘이 없을 거야. 안 그렇습니까, 이기석 교수님?"

이택진이 환하게 웃으며 이기석 교수를 쳐다봤다.

"음, 그래요. 이번 한상훈 과장의 일련의 불법행위는 반드시 법의 단죄를 받도록 해야 합니다. 여기까지가 제가 한국에서 해야 할 일이고요."

이기석 교수가 이번엔 단단히 벼르고 나온 모양이었다.

"좋아! 이 교수가 단단히 뿔이 났나 보군! 결국 이기석이라는 칼이 썩은 나무 밑동을 잘라 버릴 날도 얼마 남지 않았어. 그나저나 윤장현 부원장은 이번 일과 무관할까?"

"아마도 그럴 겁니다. 윤장현 부원장은 매우 의심이 많은 사람이에요. 저에 대한 네거티브 공세를 펼치지 않아도 이미 유리한 고지를 선점한 사람입니다. 굳이 본인이 나서야 할 이유가 전혀 없어요."

김윤찬이 천천히 고개를 내저었다.

"그렇다면 한상훈 과장 개인의 독단적인 행동이라는 건데, 과잉 충성인 건가?"

이택진이 고개를 갸우뚱거렸다.

"아니! 그렇지는 않아. 윤장현 부원장이 지시를 내리지 않았지만, 하지 말라고 만류하지도 않았어. 그냥 지켜본 거지, 판이 어떻게 돌아갈지."

"김 교수가 제대로 봤어. 이번 일에 윤장현 부원장이 가담한 흔적은 없습니다. 물론 있다 해도 밝혀내긴 쉽지 않겠지만 말이죠. 아무튼, 이번 일로 한상훈 과장은 다시는 재기하지 못할 거예요. 내가 그렇게 만들어 놓을 거니까."

이기석 교수가 확신에 찬 얼굴로 어금니를 악다물었다.

"와! 이기석 교수님, 이런 모습 처음이네요. 아이고야, 한상훈 과장! 이번엔 제대로 임자 만났네."

결의에 찬 이기석 교수를 보며, 이택진이 혀를 내둘렀다.

"좋아! 일단 이번 일은 이렇게 마무리되긴 했는데……. 그렇다고 해서 윤장현 부원장이 쉽게 물러갈 사람이 아니잖아? 다들 어떻게 생각해?"

"한숨 돌리긴 했지만, 쉽지 않은 승부가 될 겁니다. 윤장현의 프로필이 너무 좋아요. 국내에서도 그렇겠지만, 외과계에선 세계적으로 유명한 의사니까요."

"음, 김 교수도 프로필 면에선 뒤지지 않잖아?"

"그렇긴 한데, 아직 경험 면에서나 명성에서는 미치지 못하는 것이 사실이긴 합니다. 결국 이 부분에서 김윤찬 교수가 얼마나 어필을 하느냐에 따라서 최종 결정이 날 것으로 보여요."

나름대로 선거 판세를 분석하고 있는 이기석 교수였다.

"하하하, 뭘 그렇게 심각하십니까? 전 원장 자리에 연연하지 않습니다. 제가 병원장 선거에 출마한 이유는 단 하나예요. 병원을 병원답게, 의사를 의사답게 만들고 싶어서입니다. 윤장현 부원장이 그렇게 만들어 줄 수만 있다면 전 백의종군해도 상관없어요."

"아니지! 그건 김윤찬 교수가 착각하고 있는 겁니다. 김윤찬 교수가 원장 자리에 앉아야 그게 가능한 거라고요."

김윤찬의 말에 이기석 교수가 검지를 좌우로 흔들었다.

"그건 이기석 교수 말이 맞아. 윤장현 부원장은 정치인이지 의사가 아냐. 병원을 기업처럼, 의사를 영업 사원처럼 만들고자 하는 게 그의 생각이야. 절대로 이번 선거를 포기하면 안 된다, 윤찬아!"

"네, 알겠습니다. 두 분의 뜻이 정 그러시다면, 하는 데까지 해 보겠습니다."

"음, 윤장현을 잡을 수 있는 프로필이라⋯⋯. 딱 하나가 있긴 한데 말이죠."

흐음, 이기석 교수가 자신의 턱을 매만지며 고개를 갸웃거렸다.

❤

윤미순 이사장실.

"한상훈 과장이 사직서를 제출했다고요?"

윤미순 원장이 다리를 꼰 채 조병천 원장이 내민 서류철을 받아 들었다.

"그렇습니다. 어떻게 할까요?"

"뭘 어떻게 합니까? 그러면, 경찰 조사를 받을 사람한테 흉부외과 수장 자리를 계속 맡겨 둘 생각이었습니까?"

"그건 그렇죠. 바로 사표 처리 하도록 하겠습니다. 그러면 흉부외과 과장 자리는 그대로 공석으로 놔둘까요?"

"굳이 공석으로 둘 필요 있습니까? 조금이라도 김 교수의 어깨에 힘을 실어 주려면, 과장 타이틀도 좋지 않겠어요?"

"그럼 한상훈 과장 후임에 김윤찬 교수를요?"

"어려울 것 있겠습니까? 안 그래도 그 자리는 원래 김윤찬 교수 자리였잖아요?"

"아, 알겠습니다. 그러면 지시하신 대로 진행토록 하겠습니다."

조병천 원장이 고개를 끄덕였다.

"그건 그렇고 당신은 이번 선거 판세를 어떻게 생각해요? 장현이가 이대로 물러설 거라 봅니까?"

"뭐, 오른팔이 꺾여 버렸으니 힘들지 않겠습니까? 지난번 교수 회의를 계기로 교수들이 김 교수 쪽으로 확 기운 것 같은데?"

"호호호, 물어본 내가 바보지. 누가 그래요? 한상훈 과장이 장현이 오른팔이라고??"

윤미순 원장이 눈썹을 치켜떴다.

"아, 아닙니까? 그쪽 캠프는 지금까지 한상훈 과장이 진두지휘한 걸로 아는데?"

"장현이를 그렇게 물로 보지 말아요. 한상훈 과장 따위에게 자신의 운명을 맡길 아이가 아니니까. 이번에도 보세요.

빛과 같은 속도로 손절을 해 버렸잖아요? 장현이를 그렇게 만만한 상대로 보지 말아요."

"음, 그래도 지금 상황은 완전히 김윤찬 교수한테 유리한 것 같은데……."

"네, 맞아요. 유리한 것 같은 거지, 유리하진 않아요. 여전히 돌아가신 아버지한테 향수를 느끼는 늙다리들이 이 병원에는 널리고 널렸으니까. 그들은 요지부동이에요. 그들이 있기에 쉽지 않다는 겁니다."

"음……. 하긴, 돌아가신 장인어른을 따르는 사람들이 많긴 하죠."

"맞아요. 내가 가장 두려워하는 부분이 바로 그 부분이에요. 장현이가 아버지를 닮아도 너무 닮았다는 거. 그게 김윤찬 교수한테는 가장 큰 장벽이 될 겁니다. 쉽지가 않아요, 쉽지가."

흐음, 윤미순이 심각한 표정으로 한숨을 내쉬었다.

"하아, 한고비 넘으니까 또 한고비가 남았군요. 그렇다면 김윤찬 교수가 어떻게 해야 할까요?"

"프로필! 임시 흉부외과 과장 타이틀이 아닌, 장현이가 따라오지 못할 프로필을 만들어 오는 것이 유일한 방법이죠. 원내 모든 사람이 인정할 수밖에 없는 그 강력한 무엇! 그것이 지금 김윤찬 교수한테는 필요합니다."

"그, 그게 뭔데요?"

조병천이 궁금한 듯 물었다.

"그걸 내가 알아요? 내가 알고 있었으면 지금 이렇게 손 놓고 있겠습니까? 당신도 가만히 넋 놓고 있지 말고, 발로 좀 뛰세요. 우린 김 교수한테 사활을 걸어야 한다는 거 몰라요? 장현이한테 죄다 내줄 생각입니까?"

"아, 알았습니다. 저도 최선을 다하겠습니다."

"하아, 하여간 굼벵이도 구르는 재주가 있다고 하던데, 당신은 뭐 하나 제대로 하는 게 없어요? 네?"

"죄, 죄송합니다. 최선을 다해 보도록 하겠습니다."

병원 인근, 재즈바.

이기석 교수가 연희병원에 있는 동안 김윤찬과 가끔 찾았던 재즈바.

한상훈 관련 문제를 처리하고 온 이기석 교수가 그곳으로 김윤찬을 불렀다.

"한상훈 교수와 관련된 일은 대충 마무리 지은 것 같습니다. 이제 법의 심판을 받는 일만 남았어요."

또르르, 이기석 교수가 스트레이트 잔에 위스키를 따랐다.

"고생하셨습니다."

"고생은 무슨? 죄를 지었으면 벌을 받는 것은 당연해요.

지금까지 너무 미뤄 왔어. 한상훈한테 기회 따위를 줘서는 안 됐어요."

꿀꺽, 이기석 교수가 위스키를 단숨에 삼켜 넘겼다.

"음. 한상훈 교수님의 인맥이나 재력으로 볼 때, 빠져나갈 가능성은 농후합니다."

"그렇겠지. 다만 그렇다고 해서 다시 이 바닥에 발을 들여놓는 것은 쉽지 않을 거예요. 동업자 정신을 망각하고 그런 파렴치한 짓을 한 사람을 받아 줄 병원은 없을 테니까. 잘해야 의사 면허 유지하는 정도일 겁니다."

"네, 그렇게 되겠군요. 그나저나 고생 많으셨는데, 이제 돌아가셔야 하지 않겠습니까? 미국에 벌여 놓은 일도 많으실 텐데……."

"후후후, 내 걱정은 하지 마세요. 제 일은 제가 알아서 합니다. 그것보다 마지막으로 내가 김윤찬 교수를 위해 해야 할 일이 있을 것 같아서, 이렇게 김 교수를 불렀어요."

또르르, 이기석 교수가 다시 빈 잔에 위스키를 채워 넣었다.

"네? 그게 무슨 말씀입니까?"

"음……. 이제 어느 정도 승기를 잡았으니, 치고 나가야 할 시점이 아닙니까? 그러기 위해선 뭔가 강력한 한 방이 필요하겠죠."

꿀꺽, 이기석 교수가 또다시 위스키 잔을 단숨에 비워 버렸다.

"네? 강력한 한 방이요? 그게 뭡니까?"

"지금부터 내 말 잘 들어요. 지금 그분이 편찮으십니다. 그것도 매우 위중한 상태예요."

또르르, 이기석 교수가 김윤찬의 잔을 채우며 눈을 빛냈다.

"그분이라면……. 설마?"

잔을 집어 든 김윤찬의 손이 미세하게 흔들렸다.

"맞아요. 지금 김 교수가 머릿속에 떠올린 사람이 맞습니다!"

이기석 교수가 머리를 위아래로 끄덕였다.

"민국현……. 대한민국의 대통령, 그분이 지금 아픕니다."

놀랍게도 이기석 교수가 꺼낸 인물은 이 나라의 대통령이었다.

"예상대로군요."

하지만 김윤찬은 의외로 담담하게 받아들이는 것 같았다.

"그래, 대통령님 심장이 좋지 않은 것 같아요."

"병명이 뭡니까?"

"국가 기밀이라 나도 거기까진 모릅니다. 하지만 증세가 심상치 않은 것만큼은 확실한 것 같아요."

"음, 그렇다면 국립 서운대에서 치료를 하면 될 텐데요. 서운대에는 우리나라 최고의 흉부외과 써전인 최은석 교수님이 계시지 않습니까?"

"그렇긴 하죠. 최은석 교수님이라면 최고라고 해도 과언이 아니긴 합니다. 하지만……."

이기석 교수가 고개를 갸웃거리며 말을 줄였다.

"하지만 뭡니까?"

"병의 원인을 찾지 못한 것 같아요. 심각한 상태임은 틀림없습니다. 그러니 국가 일급 기밀인 대통령님의 건강 상태에 관한 정보가 나한테까지 들린 거 아닐까요? 이미 비밀리에 수많은 흉부외과 의사들이 거쳐 간 것 같아요. 물론 뾰족한 해법을 제시한 사람은 아무도 없었겠지. 이제 김윤찬 교수만 남은 상황입니다."

"음, 우리나라 최고의 병원에서 병의 원인을 찾을 수 없다면 저 역시 아무것도 할 수 있는 게 없을 겁니다."

"그거야 환자를 먼저 살펴봐야 하지 않겠나?"

"음, 글쎄요. 제가 할 수 있는 일이 많지 않을 것 같군요."

"마지막 보루인 김윤찬 교수가 이렇게 나오면 낭패인걸?"

"글쎄요."

"음, 아무튼 대통령 이전에 환자지 않나. 그러니 김윤찬 교수는 그 환자를 치료할 의무가 있는 거야. 안 그래?"

"뭐, 진료를 한다는 것 자체에 문제가 있는 건 아닐 것 같군요. 교수님의 말씀대로 환자라면."

"그래요. 물론 아주 비밀리에 진행해야 할 듯합니다. 아마도 조만간 그쪽에서 사람을 보낼 듯싶어요. 이번 일만 잘 마무리된다면, 김윤찬 교수한테는 큰 기회가 될 거야."

"환자의 생명을 담보로 기회를 만들고 싶은 생각은 없습니다. 게다가 그분은 우리나라 대통령 아닙니까?"

"그러니까, 김윤찬 교수가 맡아 보라는 거야. 흉부외과계의 대통령은 김윤찬 교수니까."

"음⋯⋯. 환자로서 의사를 찾아온다면 거부할 이유는 없겠죠. 다만, 이 모든 과정이 순수하게 환자 대 의사 관계여야지, 전략적이거나 정치적이라면 전 고사하겠습니다."

"하여간 까탈스러운 건 여전하군요. 그래요. 한 나라의 대통령도 아프면 환자일 뿐입니다. 그러니 김윤찬 교수가 한번 살펴봐 줘요. 치료는 그 이후에 나랑 좀 더 깊이 상의토록 합시다."

"교수님, 일본으로 건너간다고 하지 않으셨습니까?"

"후후후, 뭐. 겸사겸사니까요. 일본보다는 우리나라가 훨씬 더 소중하니까."

이기석 교수가 어깨를 으쓱거렸다.

"음, 뭔가 있으신 거군요?"

"뭐, 특별한 건 없어요. 대통령이 아프다는 것과 내가 때마침 한국에 들어왔다는 것이 우연의 일치만은 아닐 수 있다는 것 정도만?"

"음, 역시 뭔가 있었던 게 틀림없네요."

"자 자, 심각한 얘기는 나중에 하기로 하고, 오늘은 술이나 한잔합시다!"

또르르, 이기석이 말을 얼버무리며 김윤찬의 잔에 위스키를 따랐다.

♥

며칠 후, 김윤찬 교수 연구실.

이기석 교수의 말대로 대통령 비서실 산하 수석 비서관 조정권이 김윤찬을 찾아왔다.

"김윤찬 교수님, 안녕하십니까? 조정권이라고 합니다."

"네. 연락받고 기다리고 있었습니다. 어서 오십시오, 김윤찬이라고 합니다."

"네, 반갑습니다."

"앉으시죠."

악수를 나눈 두 사람이 자리에 앉았다.

"요즘 많이 바쁘신 것 같더군요."

조정권 비서관이 김윤찬이 내어 준 차를 마시며 말문을 열었다.

"네, 조금 그렇습니다."

"연희병원 원장 선거가 박빙이란 소리는 저도 들어서 알고 있습니다."

"청와대에서는 이런 것까지 관심을 가지고 계십니까?"

"연희병원 원장 선거에 관심이 있는 것이 아니라, 김윤찬 교수님한테 관심이 있어서죠."

"저한테요?"

"그렇습니다. 김윤찬 교수님한테 관심이 없다면, 제가 이 곳에 올 이유도 없겠죠."

"그렇군요. 저한테 무슨 관심이 있는지 말씀해 주시겠습니까? 전 솔직히 그쪽 사람들이 무섭거든요. 그런데 하찮은 저한테 관심이 있다고 하시니, 겁이 덜컥 나는군요."

"하하하, 그렇습니까? 표정으로 봐선 전혀 그렇지 않으신 것 같은데요?"

"그거야 편하실 대로 생각하십시오. 그나저나 저 이렇게 한가하게 앉아서 시간을 보낼 형편이 못 됩니다. 밖에는 이미 수많은 환자가 기다리고 있고, 언제 어디서 응급 환자가 올지도 모르니까요."

"그래요. 알고 있답니다. 김윤찬 교수님한테 진료를 보기 위해 제주도는 물론이고, 중국, 일본에서도 환자가 몰려든다는 것을요."

"그렇습니다. 그러니 용건만 간단히 말씀해 주시죠."

"좋습니다. 단도직입적으로 말씀드리죠. 대통령님이 아프십니다."

"음, 많이 편찮으십니까?"

"네, 그런 것 같습니다. 아직 정확한 병명도 밝혀내지 못했으니까요. 이제 임기 반환점을 지난 상황인데, 이런 일이 생겨서 저희도 무척이나 곤혹스럽습니다."

"음, 언제부터 아프셨던 겁니까?"

"올해부터 갑자기 악화되셨습니다. 현재 모든 일정을 뒤로 미루시고 서운대병원에 입원 중이십니다."

"그렇군요."

"네. 대통령이라는 자리가 단 하루만 비어도 언론들이 온갖 추측성 기사를 남발하는 상황인지라, 지금 저희 입장에선 매우 난감한 상황이죠. 슬슬 몇몇 언론사들이 낌새를 느낀 모양이에요. 대통령 건강 악화설만큼 정국을 뒤흔들 이슈는 없을 테니까요."

조정권 비서관의 얼굴이 잔뜩 굳어 있었다.

"그래서 제가 뭘 하면 되는 겁니까?"

"시원시원해서 좋군요. 김윤찬 교수님이 대통령님의 진료를 맡아 주십시오! 지금 저희가 믿을 수 있는 분은 김윤찬 교수님뿐입니다."

"부담스럽군요. 저는 의사지 신이 아닙니다. 서운대 최고의 의료진이 잡아내지 못한 병을 어떻게 제가 진료할 수 있겠습니까?"

"그러니 김윤찬 교수님한테 이렇게 부탁하는 것 아닙니까? 김 교수님이 포기하시면 우리나라의 미래가 어두워집니다. 부탁합니다, 교수님!"

"후우, 일단 제가 대통령님을 뵐 수 있을까요?"

무작정 진료를 고사하기엔 대통령이 주는 무게감은 너무나 컸다. 일단 대통령을 한번 만나 보기로 결심한 김윤찬이었다.

"물론입니다. 당연히 그렇게 하셔야죠. 서운대병원으로 오시면, 저희가 만반의 준비를 해 놓도록 하겠습니다."

김윤찬에 말에 얼굴에 화색이 도는 조정권 비서관이었다.

"아뇨. 제가 서운대병원으로 갈 순 없습니다. 우리 병원으로 모시고 오십시오. 저한테 진료받기를 원하신다면."

"아…… . 그건 좀 곤란한데…… ."

조정권 비서관이 난감한 듯 입술을 잘근거렸다.

"그러면 없던 일로 하겠습니다. 안녕히 가십시오."

김윤찬이 일말의 미련도 없이 자리에서 일어났다.

"아, 잠깐만요! 대통령님이십니다. 일반 환자와 똑같이 움직이실 수 없다는 걸, 김 교수님도 잘 알고 계시지 않습니까?"

조정권 비서관이 읍소하며 김윤찬에게 매달렸다.

"그건 일반 환자들도 마찬가지입니다. 병을 치료하는 데는 예외가 있을 수 없습니다. 의사가 환자를 치료할 수 있는 최적의 환경이 아니라면, 저 역시 진료할 수 없습니다."

"음, 좋습니다. 원하시는 대로 해 드리죠. 다만, 그러면 저도 김 교수님한테 부탁을 하나 드려야겠습니다."

"그게 뭡니까?"

"대통령님의 건강을 책임져 주십시오. 반드시 건강한 모습으로 집무하실 수 있도록 해 달라는 말입니다."

"협박이군요."

"네? 그, 그게 무슨 말씀입니까?"

"서운대에서 진료가 원활했다면, 저를 찾아오는 일은 없었겠죠. 국내 최고의 시설과 의료진을 갖춘 서운대에서도 제대로 치료가 되지 못하고 있는데, 저보고 책임을 지라고요? 이게 부탁입니까? 협박이지."

"죄, 죄송합니다. 그렇게 들렸다면 제가 말실수를 한 거겠군요. 부탁드립니다. 어떻게든 대통령님을 치료해 주십시오."

곧바로 태세를 바꾸는 조정권 비서관이었다.

"비서관님의 말씀대로 뭔가 보장을 할 순 없습니다. 다만, 제가 가지고 있는 모든 능력을 동원해 최선을 다하겠다는 말씀은 드릴 수 있을 것 같군요. 그래도 괜찮다면 제가 대통령님의 치료를 맡아 보겠습니다."

"그래요. 알겠습니다. 제가 함부로 결정할 순 없는 일이니, 비서실장님과 긍정적으로 상의해 보도록 하겠습니다."

"네, 그렇게 하십시오. 다만, 심장과 관련된 질병은 시간 싸움입니다. 빠른 결정을 해 주시기 바랍니다. 하루라도 빨리 환자를 봐야 치료 방향을 결정할 수 있을 겁니다."

"네네, 알겠습니다. 그러면 비서실장님께 그렇게 전하도록 하겠습니다."

"네, 알겠습니다. 결정이 나면 연락 주십시오."

결국 김윤찬의 의지대로 모든 것이 이뤄졌다.

조정권 비서관은 김윤찬의 뜻을 비서실장에게 전달했고, 비서실장은 민국현 대통령과 오랜 상의 끝에 연희대병원으로 옮기기로 결정했다.

연희대병원 별관, 38층. 이곳이 당분간 민국현 대통령이 머무를 병실이었다.

층 전체를 민국현 대통령만 사용할 수 있도록 통제했으며, 의료진 또한 김윤찬 교수를 비롯해 그가 지정한 몇몇 의사들만 출입할 수 있었다.

김윤찬 교수 연구실.

민국현 대통령의 입원에 앞서, 김윤찬이 자신과 함께 진료할 의료진을 자신의 연구실로 불러들였다.

이택진, 장영은, 진순남이 그들이었다.

"다들 지금부터 제 말 잘 들으셔야 합니다. 오늘 오후에 그분이 우리 병원에 입원하실 거예요."

그분은 민국현 대통령을 지칭하는 것이었다.

꿀꺽, 김윤찬의 말에 이택진을 비롯한 모든 사람이 마른침을 삼켜 넘겼다.

"하아, 겁나 떨리는데? 천하의 최 교수도 잡지 못한 병을 우리가 어떻게 잡는단 말이야?"

이택진이 우려 섞인 목소리로 물었다.

"음, 저는 그렇게 생각하지 않습니다. 서운대 최 교수님이 못 잡았다고 해서 우리 교수님이 잡을 수 없는 건 아니니까요. 전 교수님을 믿습니다."

그러자 진순남이 두 사람의 대화에 끼어들었다.

"진 선생 말이 맞습니다. 전 지금까지 교수님을 모시면서 수없이 많은 기적을 목격했습니다. 결국 기적도 사람이 만드는 것이라고 생각해요. 그리고 교수님이라면 그 기적을 만들어 내실 수 있을 거고요."

진순남이 물꼬를 트자, 장영은이 말을 덧붙였다.

"아이고, 이제는 쌍으로 덤비는구나. 내가 김윤찬 바라기들하고 무슨 말을 섞겠니? 너희야 당연히 김윤찬이 신이고 전설이지. 김윤찬이 팥으로 메주를 쑨다 해도 믿을 놈들이잖아, 너희는?"

이택진 어이없다는 듯이 혀를 내둘렀다.

"팥으로 메주를 쑨다고 하실 분이 아니십니다, 우리 교수님은!"

"알았다고! 세상 충신에 열녀, 열남 나셨네. 그래, 너네 김 교수가 알아서 하겠지. 언제나 그랬던 것처럼."

"이 교수! 너무 걱정 마. 의학은 마술이나 요술처럼 없던 걸 만들어 낼 수 있는 건 아니지만, 분명 우리가 할 수 있는 일이 있을 거야. 그저 우리는 우리가 가지고 있는 것에 최선을 다하면 그걸로 되는 거야."

"맞습니다! 저희도 부족하지만 최선을 다하도록 하겠습니다!"

"네, 저도요!"

장영은이 두 주먹을 불끈 쥐자 진순남 역시 입술을 굳게 다물었다.

"그래. 파이팅 넘치는 것이 기죽어 있는 것보다는 낫겠지, 다만, 아무리 그래도 상대는 대통령이야. 결과가 좋지 못할 경우에 발생될 파장도 생각해 봐야지. 솔직히 서운대에서도 이렇게 쉽게 그분을 내어 준 걸 보면, 뭔가 속셈이 있지 않겠어?"

서운대의 속셈.

이택진의 말에는 분명 일리가 있었다.

서운대에서 쉽게 민국현 대통령을 내어 주었다라? 분명 이택진이 생각하고 있는 대로 뭔가 이유가 있을 것이다.

만일의 사태에 대한 책임을 회피하겠다는 것.

그것이 바로 서운대의 의도였으리라.

엔간하면 대통령을 포기하기 힘든 상황이었음을 감안해 볼 때, 지금 민국현 대통령의 건강 상태는 절망적이었다. 이 점을 이택진이 우려하고 있었다.

윤미순 이사장이 극구 민국현 대통령의 이송을 반대했던 이유가 바로 그것이었다.

"그래, 나도 알아."

"그걸 잘 알면서 덥석 독이 든 성배를 집어 든 거야?"

"독이 든 성배인지 아닌지는 마셔 보면 알겠지. 뭐, 죽기 밖에 더하겠어?"

"미쳤어! 아주 단단히 미친 거야."

"어쩔 수 없잖아? 일은 이미 벌어져 버렸어. 이제 빼박이 거든. 이 교수는 빠지고 싶으면 빠지도록 해. 같이하자고 매달리지는 않을 거니까."

"어이없네. 여기까지 와서 빠지라고? 저 새파란 제자들 앞에서 모양 빠지게?"

"그럼 합류하든가?"

"하아, 미치겠네, 진짜! 언제나 그랬지만 이번에도 빼박이 라는 거지?"

"네!"

"네, 맞습니다. 된통 걸리셨습니다!"

그러자 기다렸다는 듯이 장영은과 진순남이 나섰다.

"하여간 징그럽다, 징그러워. 너희 보면 좀 많이 무서워!
김윤찬은 사이비 종교 교주 같고, 너희는 광신도 같거든? 진
짜 무섭다, 너희."

이택진이 해맑게 웃고 있는 그들을 보며 혀를 내둘렀다.

'에라, 모르겠다. 죽기 아니면 까무러치기지. 그래! 이왕
이렇게 된 거, 끝까지 가 보자.'

이택진이 체념한 듯 고개를 끄덕거렸다.

며칠 전, 윤미순 이사장실.

윤미순 이사장은 민국현 대통령의 이송에 대해 회의적인
태도를 보였고, 오히려 윤장현 부원장은 민국현 대통령의 전
원에 적극적이었다.

"듣자 하니 부원장님이 요즘 일을 꾸미고 계신다면서요?"

윤미순 이사장이 뻐딱한 자세로 윤장현 부원장을 노려봤
다.

"누님, 이번 일은 우리 연희병원이 비상할 수 있는 좋은
기회입니다. 이런 좋은 기회를 왜 날리려 하십니까? 가뜩이
나 모든 지표에서 서운대에 밀리고 있는 형국인데, 이번이
주도권을 되찾아 올 수 있는 절호의 기회, 찬스예요."

윤장현이 조금은 흥분된 어조로 목소리 톤을 높였다.

"부원장님. 내가 집에서나 누나지, 병원에서도 당신 누나입니까?"

"네?"

윤미순 이사장이 표독스러운 표정을 짓자, 빛과 같은 속도로 윤장현의 얼굴에서 웃음기가 사라졌다.

"호칭 똑바로 하세요! 난 당신 누님이 아니라 이 병원의 이사장입니다. 원내에선 제대로 된 호칭을 해 주시기 바라요."

'어디서 배워 먹은 천박한 짓이야!'

쌀쌀맞은 태도를 보이는 윤미순 이사장이었다.

"아, 네. 죄송합니다. 이사장님! 앞으로는 각별히 신경 쓰도록 하겠습니다."

윤장현 부원장이 곧바로 호칭을 바꿨다.

"앞으로 호칭에 신경 써 주기 바랍니다. 그리고, 비상할 수 있는 기회요? 글쎄요. 그렇게 날개를 달아 줄 기회가 김윤찬 교수한테 온다면, 부원장님 입장에선 좋은 결과가 아닐 텐데요?"

"그게 무슨 말씀입니까? 김윤찬 교수님은 우리 병원 최고의 인재입니다. 경쟁 상대를 떠나 대승적인 차원에서 내린 결정입니다. 반드시, 그분을 우리 병원으로 모셔 와야 합니다."

윤장현 부원장이 손사래를 치며 반색했다.

"부원장님이 그렇게 병원을 생각하고 있는 줄은 몰랐군

요. 그런데, 서운대조차 포기한 걸 우리가 어떻게 할 수 있다는 겁니까? 그들이 왜 순순히 김 교수의 제안을 받아들였을까요? 이렇게 자존심을 구기면서까지? 다 이유가 있는 겁니다. 너무 리스크가 커요!"

윤미순 이사장은 여전히 민국현 대통령을 받아들일 마음의 준비가 되지 않은 듯 보였다.

"리스크가 큰 만큼 리턴도 클 겁니다. 김윤찬 교수가 치료를 완벽하게 해낸다면……."

"만약에 김 교수가 VIP 치료에 실패한다면? 그때는 어떻게 하시려는 겁니까?"

"음, 전 무조건 김윤찬 교수가 성공할 것이라고 생각하지만, 아니, 그렇게 확신하고 있지만, 만에 하나 예상치 못한 결과가 나온다면……."

윤장현 부원장이 눈매를 좁히며 고개를 갸웃거렸다.

"예상치 못한 결과가 나온다면, 뭡니까?"

"잘라 내야죠. 상처 난 발가락은 잘라 내는 것이 맞습니다. 폐혈증으로 발전하기 전에요."

"뭐라고요?"

"하하하, 하지만 전 그럴 가능성은 제로에 가깝다고 생각하고 있습니다. 김윤찬 교수가 누굽니까? 치료에 자신이 없었으면, 애초에 나서지도 않았을 겁니다. 자기가 치료하겠다고 나선 이면에는 그만한 자신이 있다는 뜻 아니겠습니까?"

"음······. 내가 반대한다고 해도 이사회를 움직여서 관철하시겠죠?"

"음, 이왕이면 이사장님의 재가가 떨어지는 게 여러모로 모양새가 좋지 않겠습니까?"

"음, 독이 든 성배를 받아들여라?"

"글쎄요. 독이 들었는지 꿀이 들었는지는 마셔 봐야 하지 않겠습니까? 우리 연희의 무궁한 발전을 위해서 큰 결심을 해 주시지요, 이사장님!"

'이 새끼, 지금 김윤찬 교수가 치료하지 못할 거라고 확신하고 있어! 어디서 무슨 얘기를 주워들었는지 모르겠지만······. 하지만 이럴 수도 저럴 수도 없는 상황이다. 어쩔 수 없지, 김윤찬이를 믿어 보는 수밖에.'

"좋아요. 이왕 이렇게 된 거, 도박 한번 해 봅시다. VVIP 층 전체 비워 놔요. VIP 맞을 준비를 해야죠."

"결정 잘하셨습니다. 내가 아는 김윤찬 교수라면 반드시 좋은 결과를 얻어 낼 겁니다. 암요!"

하하하, 윤장현 부원장이 목젖이 보이도록 환하게 웃었다.

연희대병원 VVIP 병실.
마침내 민국현 대통령이 연희대병원에 입원했다.

민국현 대통령의 전원을 모른 척 인정하는 서운대병원. 그들 역시, 심각하게 아픈 민국현 대통령이 부담스러웠으리라.

"어서 와요, 김윤찬 교수!"

김윤찬이 병실 안으로 들어가자 민국현 대통령이 자리에서 일어나 앉아 반갑게 그를 맞았다.

"그냥 편하게 누워 계셔도 됩니다."

"아니에요. 날 살려 줄 사람인데, 그래서 쓰나요. 예의를 갖춰야지요."

"네. 그러면 편하신 대로 하십시오."

"아이고, 이렇게 말로만 듣던 김 교수를 뵈니까, 신기합니다. 연예인을 보는 기분이에요."

안색은 좋아 보이지 않았지만, 특유의 유쾌함은 여전한 민국현 대통령이었다.

"저 역시 대통령님을 뵈니까 신기합니다. TV보단 실물이 훨씬 어려 보이십니다."

"허허허, 맞습니다! 난 조명발을 못 받아요. 다들 실물이 훨씬 잘생겼다고 하더군요."

"어려 보인다고 말씀드렸지, 잘생겼다고 말씀드리진 않았어요."

"헐, 그렇습니까? 대통령한테 이거 너무 말이 심한 것 아니오?"

민국현 대통령이 민망한 듯 뒷머리를 긁적거렸다. 여느 대통령과 달리 소탈한 성격이었다.

"농담입니다. 불쾌하셨다면 용서해 주십시오."

"껄껄, 나도 농담입니다. 그나저나 내가 성질이 급해서 그런데, 내 몸 상태가 어떤지 설명해 주실 수 있겠습니까?"

"정말 성격이 급하시군요. 이제 저희 병원에 오신 지 만 하루도 지나지 않았습니다."

"하하! 내가 성격이 급해 우리 어머니 배 속에서도 열 달을 못 채운 사람입니다."

"그러십니까?"

"네, 그래요. 제 병은 제가 압니다. 얼마나 몹쓸 병에 걸렸으면, 서운대에서도 절 포기했겠습니까? 어느 정도 마음의 준비는 해 뒀으니까, 너무 걱정 마시고 편하게 말씀해 보세요."

"……."

"괜찮아요. 뭐라고 말씀하시든 저 하나도 섭섭하지 않습니다. 그러니까 편하게 말씀하세요. 어째, 남은 임기는 채우고 황천길 접어들겠습니까? 아니면 그 전에 병풍 뒤에서 향 냄새 맡아야 할 것 같습니까?"

김윤찬이 심각한 표정으로 아무 말도 하지 않자, 마음이 조급한지 민국현 대통령이 김윤찬을 다그쳤다.

"글쎄요? 일단, 저 사람들부터 좀 내보내 주십시오."

그러자 김윤찬이 턱짓으로 문 쪽에 서 있는 경호원들을 가리켰다.

"경호원분들은 왜요? 아, 아! 맞아요. 대통령의 몸 상태는 일급비밀이라지요? 그래서 말씀을 편하게 못 하신 거군요."

"뭐, 지킬 건 지켜야 하니까요."

"후후후, 그렇군요. 제 몸이 많이 망가지긴 했나 봅니다. 황 비서관님?"

민국현 대통령이 황 비서관을 향해 손을 까닥거렸다.

"네, 대통령님. 말씀하십시오."

그러자 황 비서관이 서둘러 민국현 대통령 앞으로 달려왔다.

"아직 식전이실 텐데, 우리 경호원님들 모시고 나가셔서 맛있는 것 좀 사 주세요. 부실한 영감탱이 지키고 계시느라 얼마나 힘들겠습니까? 카드는 내 걸로! 여기!"

민국현 대통령이 특유의 익살스러운 표정을 지으며 자신의 카드를 내밀었다.

"네, 알겠습니다. 그렇게 하겠습니다."

그렇게 황 비서관이 경호원들과 함께 자리를 비웠다.

잠시 후.

"자, 이제 여기는 아무도 없으니 편하게 말씀해 보세요. 그저 동네 늙은이라고 생각하고 말이죠. 무슨 말이든 김윤찬 교수의 말이라면 고분고분 따르리다."

민국현 대통령이 자리에서 일어나 허리를 곧추세웠다.

"솔직하게 말씀드릴까요? 아니면, 희망 몇 스푼을 얹어서 말씀드릴까요?"

"허허허, 내가 '솔직' 그거 하나 때문에 대통령 된 사람이에요. 그거 빼면 시체죠. 말씀해 보세요, 솔직하게. 저, 얼마나 살 수 있답디까? 이곳저곳 말을 안 듣는 걸 보니, 오래 살긴 그른 거 같……."

"길어야 3년입니다."

김윤찬이 지체 없이 말했다.

"하하하, 3년이요? 뒤에 자릿수 하나 빠진 거 아닙니까?"

"아뇨. 서운대병원에서 보내온 자료를 검토해 본바, 3년도 최대한 긍정적으로 잡은 수치입니다. 최악을 고려한다면 기간은 더 줄어들 수도 있습니다."

김윤찬이 냉정하게 잘라 말했다.

"3년이라……. 그래도 잘하면 임기는 채우겠구먼. 물론, 그 전에 야당에서 날 가만두지 않을 테지만."

껄껄껄, 민국현 대통령이 씁쓸한 듯 천장을 올려다보았다.

"죄송합니다."

"아뇨, 아뇨. 김윤찬 교수님이 죄송할 이유는 없죠. 뭐, 그 이식수술이라는 걸 해도 안 되는 겁니까?"

"그렇습니다. 대통령님의 몸 상태로는 이식수술은 불가합니다."

"어휴, 그래도 최 교수는 이식수술을 하면 어느 정도 확률이 있다고 하던데⋯⋯. 이거 김윤찬 교수님이 너무 얄궂은 것 아닙니까?"

조금은 섭섭한 표정을 지우지 못하는 민국현 대통령이었다.

"아뇨. 그건 최 교수님이 잘못 판단하신 겁니다. 이식수술을 할 수 있는 케이스가 있고 없는 케이스가 있습니다. 냉정한 말이지만, 대통령님은 후자입니다."

"그러면 난 뭘 해야 한다는 겁니까? 그래도 명색이 대한민국의 대통령인데, 이대로 무기력하게 앉아 있을 순 없는 것 아니오? 단 1년이라도 멀쩡한 몸으로 나라 살림을 돌볼 순 없는 겁니까?"

민국현 대통령이 안타까운 듯 입술을 잘근거렸다.

"뭐, 불가능한 건 아닙니다."

"네? 내가 그, 그 거짓말을 믿어도 됩니까? 거짓말이라도 믿고 싶군요."

"네. 지금까지는 서운대 의료진이 대통령님을 치료하면서 내린 결론이고, 지금부터는 제 생각을 말씀드리도록 하겠습니다."

"아⋯⋯. 그렇다면 김윤찬 교수님의 생각은 좀 다르다는 건가요?"

"아뇨. 조금이 아니라, 많이 다릅니다."

"어떻게 다르다는 겁니까?"

긴장이 되는지 민국현 대통령이 연신 입술에 침을 둘렀다.

"제가 하자는 대로만 하신다면, 3년 뒤에 자릿수 한 자리는 더 붙일 수도 있을 겁니다."

"그렇다면 30년?"

"그 이상일 수도 있습니다."

"아이고, 꿈만 같은 소리군요. 전 더도 말고 덜도 말고, 딱 3년만 멀쩡해도 소원이 없는 사람입니다. 정말 그게 가능하단 말이오?"

여전히 믿을 수 없다는 듯이, 민국현 대통령이 눈을 껌벅거렸다.

"네. 그 전에 지금부터 제가 몇 가지만 여쭐 테니 솔직하게 말씀해 주시겠습니까, 대통령님?"

"암요. 그렇고 말고요. 지금 내가 뭔들 숨기겠습니까? 말씀해 보세요. 내 뭐든 솔직히 말씀드리리다."

한 가닥 희망이 생기자 민국현 대통령의 얼굴에 생기가 돌았다.

화룡점정 (2)

"혹시, 형제분들이나 부모님 중에 심혈관 관련 질환이 있으신 분 계십니까?"

"음, 원래 우리 집안이 심장이 좋지 않은 편이었어요."

"그러시군요. 좀 더 자세히 설명해 주실 수 있습니까?"

"뭐, 어려울 게 있겠습니까? 워낙 못사는 집안이어서 병원 한번 제대로 가지 못했죠. 아버지는 농사일을 마치고 약주 한잔을 걸치고 오셨던 날, 밤에 갑자기 돌아가셨습니다. 병원에 갈 형편도 못 되고 해서, 사실 무슨 병으로 돌아가셨는지는 모르지만, 지금 생각해 보면 심장마비가 아니었나 싶군요."

대통령님 아버님이 급사하셨다는 건가?

"그렇군요. 다른 형제분들은 괜찮으셨던 겁니까?"

"뭐, 그럴 리가 있겠습니까? 우리 집안이 6남매인데, 큰형님도 심장이 안 좋아 돌아가셨습니다. 집안 대대로 남자들은 심장병으로 고생했던 것 같아요. 저 역시 지금 심장이 안 좋지 않습니까?"

민국현 대통령이 입가에 씁쓸한 미소를 띠었다.

형님도 심장병이 있었다는 거지?

"그러시군요. 그 밖에 형제분들은요?"

"아직까진 크게 무리가 되는 건 없지만, 작은 누님도 심장 쪽에 문제가 있는 걸로 압니다."

"네, 알겠습니다. 그 정도면 충분할 것 같습니다, 대통령님."

"근데 그건 왜요? 심장병도 유전이 되는 겁니까?"

민국현 대통령이 궁금한 듯 물었다.

"여러 가지 가능성은 열어 둬야 하니까요. 일단 우리 병원에 오셨으니, 지금부터는 제 지시에 따라 주시기 바랍니다."

"물론이죠. 저 원래 선생님 말 잘 듣습니다. 학교 때도 언제나 반장은 제 차지였죠. 그때부터 제가 좀 설치긴 했나 봅니다. 물론 그 덕택에 지금 이 자리에 있는 건지도 모르지만."

껄껄껄, 서운대에서도 포기할 정도로 심각한 상황이었고, 본인 역시 상당한 고통에 시달리고 있음에도 불구하고 농담을 던질 정도로 여유를 잃지 않는 민국현 대통령이었다.

"네, 저도 물론 학창 시절에 반장은 도맡아 했었죠."

"오! 그렇습니까? 우린 뭔가 통하는 구석이 있는 것 같습니다, 김 교수!"

"네. 자주 웃으십시오. 그렇게 마음을 편하게 드셔야 병도 이겨 낼 수 있는 법이니까요."

"오케이! 그러면 내가 가끔 아재개그 좀 시전해도 됩니까?"

"그렇게 하십시오, 얼마든지."

"좋습니다. 그럼 하나 던져 볼까요? 1백 가지 과일이 죽기 직전을 뭐라고 하는 줄 아십니까?"

"음, 백과사전이요?"

"어? 뭐, 뭐지??"

김윤찬이 곧바로 답을 맞히니, 민국현 대통령이 난감한 표정을 지었다.

"대통령님은 아직 아재력이 부족하십니다. 좀 더 내공을 쌓으십시오."

"컥, 좋아요! 다음에는 좀 더 쉰내 나는 걸로 가져오리다."

민국현 대통령이 두 주먹을 불끈 쥐며 전의를 불태웠다.

"그 도전 얼마든지 받겠습니다. 아무튼, 오늘은 푹 쉬십시오. 몸이 불편하시면 언제든지 호출하시고요."

"김 교수는 퇴근 안 하십니까?"

"후후후, 대통령님이 이렇게 누워 계신데, 어떤 간 큰 의

사가 퇴근을 합니까? 24시간 이곳에 있을 테니, 신경 쓰지
마십시오."

"아이고, 이거 미안해서 어쩌나?"

"미안하시면 5백 원?"

김윤찬이 무표정한 얼굴로 손바닥을 내밀었다.

"하아……. 제가 못 당하겠네요, 김 교수 아재력은."

쩝, 민국현 대통령이 어이없다는 듯이 혀를 내둘렀다.

고함 교수 연구실.

며칠 후 민국현 대통령의 정밀 검사 결과가 나왔고, 고함
교수가 이에 대해 상의하기 위해 김윤찬 교수를 자신의 연구
실로 호출했다.

"음, 생각보다 많이 안 좋은 것 같은데?"

차트를 살펴보던 고함 교수의 얼굴이 매우 어두웠다.

"그렇습니다."

"아니, 주치의가 있었을 텐데, VIP를 어떻게 이 정도로 망
가지도록 놔둘 수가 있는 거지?"

차트를 넘겨 보는 고함 교수의 미간이 잔뜩 일그러졌다.

"그러니 서운대에서도 포기한 것 아닙니까?"

"자네, 너무 쉽게 얘기하는 거 아냐? 지금 우리가 치료하고

있는 사람은 그냥 일반인이 아닌 이 나라의 대통령이라고."

"그러면 좀 더 어렵게 말씀드릴까요? 하이퍼빌리루빈니미아(고빌리루빈혈증)도 의심되고, 폐나 플러라(늑막) 쪽에 염증도 심하신 것 같고요. 심장에 혈액이 정체되면서 컨제스천(울혈)도 잡힙니다. 뭐, 기침이나 호흡곤란 같은 건 차치하더라도 말입니다."

"하아, 지금 그렇게 여유를 부리고 있을 때가 아니라고. 이건 뭐, 그냥 딱 봐도 심부전이잖아? 어떻게 할 셈이야? 이렇게 된 이상 심장이식 말고는 답이 없는 것 같은데?"

"글쎄요? 심장이 언제 나올지도 모르는 일이고, 그것보다 VIP는 심장을 받을 상태가 못 되십니다. 심장을 받을 몸 상태였다면 서운대에서 그렇게 쉽게 VIP를 넘겨주진 않았겠죠."

"하아, 미치겠네? 뭐가 또 문제인데?"

"간이요. VIP 간 상태가 이식수술을 할 수 있는 상황이 아니에요."

"음, 그럼 어쩌겠다는 건가?? 자네, 뭔가 대안이 있으니까 그분을 모셔 온 것 아닌가?"

"좀 더 검사를 해 봐야 할 것 같습니다."

"뭐라? 아직도 할 검사가 남았나? 이제 뭐든 치료에 들어가야 하는 것 아냐?"

"들어가야죠, 차차."

"차차? 하아, 답답해 죽겠구먼. 심부전이 이 정도로 심한데, 이식 말고 다른 방법이 있다는 건가? 뭘 믿고 있는지는 모르겠다만, 너무 천하태평 아니냐, 너?"

"서두른다고 뭐가 해결되겠습니까? 아무튼 제가 생각하고 있는 게 있으니, 조금만 기다려 보시죠?"

"그렇지? 윤찬이 너, 그냥 무작정 아무 대책 없이 일 벌인 거 아니지?"

김윤찬의 말에 일말의 희망을 붙잡으려 하는 고함 교수였다.

"뭐, 어떻게든 되지 않겠어요?"

"미치겠네. 아무튼 무슨 수를 내든 해결책 좀 빨리 들고 와라. 아주 심장이 타들어 가는 기분이니까."

"네, 최선을 다해 보겠습니다."

잔뜩 긴장한 고함 교수에 비해, 김윤찬의 표정은 한결 평화로웠다.

김윤찬 교수 연구실.

민국현 대통령의 진료를 마친 이택진이 김윤찬을 찾아왔다.

"VIP 컨디션은 어때?"

"음, 별거 있겠어? 강심제 위주 대증 치료가 다인데."

이택진의 표정이 밝지 않았다.

"그래, 컨디션 잘 유지할 수 있도록 네가 신경을 좀 써."

"그래. 그거야 뭐 어려울 거 있겠느냐만은 언제까지 이런 식으로 놔둘 건데? 이런 식의 치료라면 굳이 우리 병원에 입원시킬 이유가 있을까?"

"그럼 뭐 다른 게 있을까?"

"아니 뭐, 심장이식을 준비하든가 너 잘하는 바티스타라도 시도해 보든가 해야 하는 거 아냐? 이렇게 시간만 보내면 어쩌겠다는 거야? VIP가 우리 병원에 온 지 벌써 시간이 꽤 지났다고."

이택진이 고함 교수와 똑같은 불만을 토로했다.

"아직은 때가 아니야. 좀 더 기다려 보자."

"그래. 네가 무슨 생각이 있는 건 잘 알겠고, 당연히 뭔가 방법을 찾고 있는 것도 잘 알아. 하지만 지금 상황은 그리 녹록한 게 아니란 말이지."

"무슨 상황?"

"며칠 전부터 비서실 쪽에서 압박이 들어오기 시작했어."

"압박?"

"그래. 뭔가 가시적인 효과가 나타나지 않으니까, 조바심이 나는가 보지. 일단 내가 최대한 설명을 해 드리긴 했는데, 그리 오래가진 못할 거 같아. 이제는 뭔가 네가 나서야 할 타

이밍이 아닌가 싶다."

"그래?"

"그래! 지금 이렇게 넋 놓고 앉아만 있을 때가 아니라고. 곧 있으면 원장 선거인 거 몰라? 자칫 어물쩍거리다가는 죽도 밥도 안 되게 생겼어. 이미 이곳저곳에서 수군거리고 있다고! 네가 괜한 공명심에 VIP 모시고 온 거 아니냐고."

"그래? 그러면 지금부터 내가 좀 나서 볼까?"

"그렇지? 너 무슨 방법이 있긴 있는 거지? 나, 진짜 피 말리니까 뭘 하든 좀 해 봐, 윤찬아!"

이택진이 애원하듯 김윤찬에게 매달렸다.

"그래, 알았다! 일단 내가 비서실장님을 만나 뵈어야 할 것 같으니까, VIP 주치의하고 같이 들어오시라고 말 좀 전해 줄래?"

"아, 알았어. 그거야 뭐 어려울 게 있겠어? 노파심에 다시 말하지만, 분명 뭔가 해결책은 있는 거 맞지?"

이택진의 얼굴에 근심이 가득했다.

얼마나 마음고생이 심했으면, 요 며칠 사이에 양 볼이 홀쭉해진 그였다.

"의사로서 최선을 다하는 거지. 아무튼, 비서실장님 들어오시라고 해. 나 회진 돌아야 할 시간이야."

"인마, 너만 회진이냐? 나도야. 같이 나가."

이택진이 투덜거리며 자리에서 일어났다.

"후후후, 알았어."

다음 날, 김윤찬 교수 연구실.

김윤찬의 말대로 대통령 비서실장 구찬영과 민국현 대통령의 주치의인 심장내과 신태영 교수가 김윤찬을 찾아왔다.

"어서 오십시오. 두 분 다 앉으시죠?"

"……."

"……."

김윤찬이 자리를 안내했지만, 구찬영과 신태영은 굳은 표정으로 아무런 대꾸도 하지 않았다. 그만큼 김윤찬에 대한 신뢰가 깨진 상황이었다.

"저를 보자고 하셨다고요?"

그렇게 자리에 앉아 잠시간의 어색한 시간이 흐른 후, 구찬영 비서실장이 못마땅한 듯 말문을 열었다.

"그렇습니다. VIP님에 대해 드릴 말씀이 있습니다."

"네. 김 교수님이 먼저 말씀을 꺼내셨으니, 대통령님의 주치의로서 저도 한 말씀 드리겠습니다. 도대체, 김 교수님은 대통령님 치료에 전념하고 계시는 겁니까? 치료 로드맵은 갖춰져 있는지 심히 의심스럽군요."

신태영 교수가 못마땅하다는 듯이 퉁명스럽게 말했다.

"최선을 다하고 있습니다."

"아니, 누군 최선을 다하지 않고 있답디까? 어떻게 서운대에 계실 때보다 상태가 안 좋아지신 겁니까? 지금 치료는 제대로 하고 있는 거요?"

그동안 쌓인 것이 많았는지 신태영 교수가 작정한 듯 불만을 토로했다.

"대통령님께서 연희병원에 온 이상, 모든 것을 저한테 맡기신다고 약속하셨습니다."

"네, 그렇습니다. 약속을 했지요. 그런데 그 약속한 결과가 이겁니까? 신태영 교수님 말씀대로라면, 호흡곤란은 더욱더 심해지셨고, 최근 폐렴까지 걸리셨다면서요? 이게 어떻게 최선을 다한, 약속된 결과입니까? 지금 야당 쪽에서도 난리예요. 자칫 이러다가는 국정 운영에 엄청난 차질이 생길 겁니다. 대한민국 최고의 흉부외과 의사라면 뭔가 뾰족한 방법을 내놓아야 할 것 아닙니까? 신 교수님 말씀대로라면 매일 수액 하나 놔 주는 것 말고는 아무것도 안 하신다던데, 대체 그걸 치료라고 하는 건가요?"

그동안 참고 있던 구찬영 비서실장이 폭발하는 듯했다.

"지금으로선 그런 방법 말고는 대안이 없으니까요."

"하아, 김 교수님! 지금 그걸 말이라고 합니까? 그렇다면 굳이 서운대병원에 잘 계시고 있던 VIP를 왜 모시고 온 겁니까?"

참다못한 신 교수가 벌게진 얼굴로 자리에서 벌떡 일어났다.

"제가 모셔 온 게 아니고, 신 교수님의 병원에서 억지로 보낸 것 아닙니까?"

"아니, 이 사람이 지금 무슨 소리를 하는 거야? 자신이 없다면 솔직히 말하면 될 것을, 왜 애꿎은 우리 병원을 들먹이는 거요?"

"그런가요? 제가 알기론 맞는 것 같은데?"

"비서실장님! 더 이상은 안 되겠습니다. 이러다 대통령님 큰일 나실 것 같아요! 지금이라도 당장 대통령님 모시고 가야 할 것 같습니다."

신태영 교수가 흥분해 손을 부들부들 떨었다.

"서운대병원에 가시면 무슨 방법이 있긴 합니까?"

"여기보다는 낫습니다! 난, 김 교수가 하도 자신하기에 뭔가 뾰족한 수가 있는 줄 알았소. 하지만 이 모든 것이 그저 쇼였던 겁니다!"

"진정해요, 신 교수님! 지금 그렇게 흥분한다고 해결될 일이 아니잖습니까? 지금 신 교수님이 말씀하신 게 다가 아니라고 믿고 싶습니다, 김 교수님! 좋아요, 제가 다시 묻겠습니다. 대통령님을 치료할 방법은 있는 겁니까?"

비서실장 구찬영이 화가 난 신태영을 진정시키며 김윤찬에게 물었다.

바로 그때였다.

띠리리리.

김윤찬의 핸드폰 소리가 울렸다.

"네, 지금 때마침 생긴 것 같군요."

김윤찬이 핸드폰 통화 버튼을 누르며 입가에 미소를 띠었다.

잠시 후, 김윤찬 교수 연구실.

구찬영 비서실장을 내보낸 후, 김윤찬이 민국현 대통령의 주치의 신태영 교수와 대화를 나누기 시작했다.

"그, 그러니까 VIP께서 트렌스티레틴 아밀로이드 심근병증이라는 겁니까?"

신태영 교수의 얼굴이 새파랗게 질린 듯했다.

트렌스티레틴 아밀로이드 심근병증.

주로 고연령층에서 나타나는 희귀 심장병. 심장에 축적되어선 안 되는 물질인 아밀로이드가 심장에 쌓여, 각종 심장 질환을 일으키는 무서운 병이었다.

심장에 생기는 알츠하이머병이라고 불릴 만큼 치료가 쉽지 않은 병으로, 완치는 물론 효과적인 치료도 쉽지 않았다.

현재 상황에선 대증 치료밖에는 대안이 없는 질병이었다.

"그렇습니다. 정확한 원인은 밝혀지지 않았지만, 심장에 아밀로이드가 지속적으로 쌓이면서 심근병증으로 발전한 것 같습니다. 진단도 어렵고 증세가 나타나기 시작하면서부터 최종 진단까지 10여 년이 걸리는 질환이죠. 물론 적절한 치료법도 없는 상태입니다."

"하아, 그렇습니까? 확실합니까?"

신태영 교수가 믿지 못하겠다는 표정으로 반복해 물었다.

"네. 저뿐만 아니라, 존스홉킨스 심장 센터에서도 같은 진단을 내렸습니다. 관련 자료가 있으니 참고하십시오."

드르륵, 김윤찬이 서랍에서 문서 하나를 꺼내 신태영 교수에게 전달했다.

잠시 후.

"후우, 결국 이거였나?? 그렇게 약을 써도 차도가 없으시던 이유가?"

김윤찬이 건네준 문서를 읽어 내려가는 신태영 교수의 눈동자가 마구 흔들렸다.

"아마도 서운대에서도 진단은 했을 가능성이 커요. 현재로선 치료 방법이 없으니, 내부적으로 회의적인 반응이었겠죠. 결국 VIP께서 우리 병원으로 전원한 이유도 이 때문이었을 겁니다."

"어이없군요. 최 교수나 한 교수도 저한테는 아무런 말이 없었습니다. 명색이 대통령 주치의인 저한테까지 이럴 줄은 몰랐어요."

신태영 교수가 난감한 듯 자신의 이마를 문질거렸다.

"아마도 내부적인 결정에 의한 선택이었을 겁니다. 사실, 저였어도 서운대의 결정과 크게 다르진 않았을 거예요. 환자가 VIP지 않습니까?"

"아무리 그래도 그렇지……. 나한테는 귀띔을 해 줘야 하는 것 아닙니까? 내 꼴이 이게 뭡니까?"

신태영 교수가 불쾌한 듯 미간을 찌푸렸다.

"뭐, 이미 일이 이렇게 되었으니 누굴 탓하겠습니까? 지금부터 현명하게 대처를 해야겠지요. 신 교수님의 잘못이 아니니, 너무 상심하지 마십시오."

김윤찬이 신태영 교수를 달래 주었다.

"아무리 그래도 불쾌한 건 어쩔 수 없군요. 이 문제는 나중에라도 반드시 공론화할 생각입니다. 대통령의 건강을 책임지는 병원에서 이런 식은 곤란하죠."

여전히 화가 풀리지 않는 신태영 교수였다.

"……."

"그건 그렇고, 솔직히 저도 이 병에 대해서는 문외한입니다. 사실 ATTR-CM(트렌스티레틴 아밀로이드 심근병증) 환자는 치료해 본 경험이 없어요. 논문에서나 접했을 뿐이죠. 이 병이 치료가 가능하긴 한 겁니까?"

신태영 교수가 눈매를 좁히며 회의적인 반응을 보였다.

당연하죠. 아직까지 치료제가 나오지 않았으니까요. 이제야 임상을 마쳤을 뿐입니다.

시판되려면 몇 년 더 있어야 하니, 접하지 못해 본 게 당연하지 않습니까?

"네, 그랬겠죠. 일반적으로 ATTR-CM의 오진율이 절반에 가까우니, 진단이 쉽지 않았을 겁니다. 좌심실 벽 두께 12mm 이상에 대동맥 협착증이 동시에 소견되어야 하고, 심전도상에서 QRS 전압이 감소되면서 Pseudo Q파가 잡힐 때를 ATTR-CM으로 진단하는데, 그렇지 않은 경우도 많아 오진 확률이 높습니다."

"그렇군요. 보통 ATTR-CM은 심장이 노화하면서 아밀로이드가 심장에 축적돼서 생기는 병 아닙니까?"

"네. 보통은 그런데, VIP의 경우는 유전자에도 문제가 있는 것 같습니다. 가족 이력을 살펴보니 아무래도 후자에 좀 더 무게가 실리는 것으로 생각돼요. 물론, 심장의 노화도 그 원인이 되긴 하겠지만요."

"결국, VIP의 ATTR-CM은 유전형이란 말씀이시군요?"

"그렇습니다. 제가 분석한 바에 의하면 그쪽으로 보는 것이 좀 더 확률이 높다고 생각되네요."

"음, 그러면 어떻게 해야 하는 겁니까? 유전형 ATTR-CM이라면 딱히 방법이 없지 않습니까? 지금 VIP님의 몸 상태로는 심장이식도 위험할 텐데요."

신태영 교수의 얼굴이 점점 굳어져 가고 있었다.

"맞습니다. ATTR-CM이 무서운 건, 증세가 점점 악화된 다는 것에 있어요. 안타깝게도 이미 골든 타임을 놓쳐 버린 상황입니다."

"음, 그렇죠. 심장이란 장기는 한 번 악화되면 다시 회복 하기 힘든 비가역적인 특성을 가지고 있으니까요."

"네. 결국 아밀로이드는 계속 축적이 될 것이고, 그에 따 라 심장벽이 점점 두꺼워지면서 갖가지 합병증을 유발할 겁 니다. 결국 이대로 가만히 놔둔다면, 생존 기간은 대략 2.5 년 정도로 될 것으로 분석됩니다."

"하아, 이거 큰일이군요. 일반인도 아닌, 한 나라의 대통 령 아닙니까? 아직 임기도 많이 남았는데······. 이거 보통 일 이 아니군요. 이도 저도 아무것도 할 수 없는 상황이라 니······."

신태영 교수가 난감한 듯 입술을 잘근거렸다.

"그럼요. 어떡하든 VIP님의 건강 상태가 외부로 유출되어 서는 안 됩니다. 엄청난 혼란이 야기될 거예요."

"그렇다고 해서 마냥 손 놓고 있을 수는 없는 것 아닙니 까? 그리고 언제까지 비밀이 유지될지도 모르고요. 이미 야 당이나 언론 쪽에도 냄새를 맡았는지, 제 주변에 어슬렁거리 더라고요. 나도 가슴이 조마조마합니다, 지금."

신태영 교수가 난감한 듯 인상을 찌푸렸다.

"그러니까 교수님도 입단속을 하시는 것이 좋겠습니다."

"저야 당연하죠. 그나저나 이 일을 어떻게 해야 좋을지 모르겠군요. 솔직히 ATTR-CM이 맞다면, 대증 치료밖에 더 하겠습니까? 이뇨제나 강심제 같은."

"그렇습니다."

"그렇다고 해서 심장과 간을 동시에 이식한다는 것도 쉽지 않은 일이고요. 결국, 우리가 할 수 있는 건 아무것도 없지 않겠습니까? 물론 트렌스티레틴 단백질을 안정화해서 심장 속에 쌓이는 아밀로이드를 줄인다면 또 모르겠지만요."

"그래서 그 방법을 써 보려고 합니다."

"네. 그 방법을 써……. 네? 그게 지금 무슨 말씀입니까? 그 치료법은 이론적으로만 가능한 거 아닙니까? 아직 신약이 나오지 않은 걸로 알고 있는데요?"

깜짝 놀란 신태영 교수가 눈을 깜박거렸다.

"네. 반은 맞고 반은 틀립니다."

"반은 맞고 반은 틀리다고요??"

"그렇습니다. 방금 전에 통화한 분이 존스홉킨스 심장 센터에 계시는 이기석 교수님이셨습니다. 그분이 말씀하시길, 비밀리에 진행하고 있던 임상 2차 테스트가 완료되었다고 하더군요."

"뭐, 뭘 말입니까?"

"지금 교수님이 생각하고 계시는 것이 맞을 겁니다. 우리

몸속의 트렌스티레틴 단백질을 안정화하여 비정상적으로 분해되는 것을 막음으로써, 아밀로이드가 심장에 축적되는 것을 방지하는 신약 JTR3002-3!"

"뭐라고요?? 지금 그 약이 개발 중에 있었다는 겁니까?"

"쉿! 목소리 좀 낮춰 주십시오. 그렇게 큰 목소리로 떠들 문제가 아닙니다, 교수님!"

"아, 네네. 아, 알겠습니다. 그러니까 그 신약이 2차 임상 테스트를 마쳤다는 거죠??"

신태영 교수가 주변을 두리번거리며 목소리 톤을 낮췄다.

"그렇습니다."

"서, 성과는요?"

"방금 매우 성공적이란 연락을 이기석 교수님으로부터 받았습니다."

"하아, 이거 듣던 중 반가운 소리긴 한데……. 아직 3차 테스트도 마치지 않은 걸 어떻게 쓴단 말입니까? 게다가 3차 테스트가 성공적이라고 해도 FTA 승인에 상용화가 되려면 몇 년은 더 걸릴 텐데요?"

성능은 걱정 마십시오. 그건 제가 보장할 테니까.

JTR3002-3! 분명, ATTR-CM을 잡아 줄 구세주 같은 약이 맞을 겁니다.

내 기억이 맞는다면!

"지금으로선 방법이 없습니다. 대통령님의 경우는 그 악화 속도가 남들보다 빨라서, 이대로 방치했다가는 2.5년도 장담할 수 없는 상황이에요."

"그러니까요! 이건 뭐, 원인을 안다고 해서 해결될 일이 아니지 않습니까? 그림의 떡이에요, 완전."

"아니죠. 그렇게 좌절하실 것까진 없습니다. 방법이 있으니까요."

"방법이요?? 무슨 방법입니까?"

"예전에 제가 한 번 시도했던 방법인데, 가능할 거라고 생각합니다. VIP님께서 허락만 해 주신다면."

"허락이요? VIP님이? 뭘요?"

"네. 그 역할을 신태영 교수님이 해 주시면 좋겠네요."

신태영 교수를 응시하는 김윤찬의 눈이 자신감에 차 있었다.

♥

김윤찬 교수 연구실.

이기석 교수가 김윤찬의 연구실을 찾아왔다.

"임상 2상 결과는 정확히 어떻습니까?"

"매우 좋아. 위약군 대비 투약군의 개선율이 약 30% 높고, 심혈관 관련 입원율 역시 위약군에 비해 현저하게 낮은 수치를 기록했어요. 이대로 임상 3상이 완료된다면, FTA 승인은 아무 문제 없을 것으로 봅니다."

이기석 교수가 JTR3002-3 임상 결과에 대해 상세하게 설명했다.

"네, 매우 좋은 수치네요. 이 정도면 대성공이라고 볼 수 있겠어요. 후후, 교수님! 이제 돈방석에 앉으실 일만 남았겠어요? 거봐요! 제가 적극적으로 신약 개발에 참여하시라고 했잖습니까?"

"그러게 말이에요. 하지만 김윤찬 교수가 조언하지 않았으면 빛을 보지 못했을 약이야. 원천 소스는 김 교수가 가지고 있으니, 나보다는 김 교수 공이 커요."

"하하하, 무슨 그런 겸손한 말씀을요? 모든 걸 진두지휘하고 결과로 만드신 교수님이 다 하신 거죠. 전 그저 아이디어만 제공했을 뿐입니다."

"무에서 유를 창조한 건 김 교수, 자네야. 그러니 수익을 공유하는 건 너무 당연하잖아? 그렇지 않아도 개발자 명단에 자네 이름도 등재해 뒀어요. 축하합니다, 김 교수 역시 돈방석에 앉았어!"

"헐, 그런가요? 그거 제가 받아도 됩니까?"

"물론이야. 이번 신약 성공은 김 교수 아니었으면, 생각조차 할 수 없는 일이었어요."

"후후후, 그렇다면 사양하지 않겠습니다!"

"당연하죠. 그건 그렇고……. VIP를 임상 3차에 참여시키겠다는 거죠?"

밝았던 표정이 다시 어두워진 이기석 교수였다.

"그렇습니다. VIP에겐 선택의 여지가 없는 상황입니다. 이 방법만이 최선이에요."

"알아요, 이 방법밖에 없다는 건. 그런데, 솔직히 좀 불안하긴 하네요. 아직 100% 검증이 된 약이 아니라서 말이에요. 혹시라도 잘못된다면……."

교수님, 그건 제가 보장합니다. JTR3002-3은 이미 완성된 신약입니다.

3차 임상도 대성공이었고, 시판 후에도 그 어떤 부작용도 없이 ATTR-CM에 가장 효과적이고 유일무이한 약이 됩니다! 절 믿으세요.

"교수님이 무슨 걱정을 하시는지 잘 알고 있습니다. 저 역시 걱정이 안 되는 건 아니지만, 의사로서 유일하게 제안할 수 있는 방안이에요. 이제 모든 공은 VIP님에게로 넘어갔습니다. 결정은 그분이 하시는 겁니다."

"음, VIP가 허락을 할까요?"

이기석 교수가 심각한 표정으로 물었다.

"저도 잘 모르겠습니다. 일단 충분히 말씀은 드렸으니, 기다리는 수밖에요."

김윤찬 역시, 상기된 표정을 감출 수 없었다.

"그러게 말이야. 사실 이 방법밖에 없긴 한데…… 상대는 한 나라의 대통령이에요. 쉽게 결정할 수 있는 일은 아니겠죠."

이기석 교수 역시, 신중한 태도를 보였다.

바로 그때였다.

띠리리리.

김윤찬의 책상 앞에 놓인 전화가 요란하게 울렸다.

"교수님, 이제 VIP님이 마음의 결정을 하신 모양입니다."

"받아 봐요."

김윤찬이 턱짓으로 전화기를 가리키자 이기석 교수가 고개를 끄덕였다.

"네."

"……."

"김윤찬입니다."

후우, 김윤찬이 심호흡을 한 후, 수화기를 집어 들었다.

-김 교수님, 저 비서실장입니다.

"네, 말씀하시죠."

-지금 VIP님이 뵙고 싶어 하십니다. 잠시, 병실로 올라오실 수 있겠습니까?

"네, 알겠습니다. 그렇게 하도록 하죠."

마침내 민국현 대통령이 마음의 결정을 한 모양이었다.

VIP 병실.

"허허허, 김 교수, 귀신이라도 봤어요?"

김윤찬이 헐레벌떡 병실로 올라가자, 민국현 대통령이 환한 웃음으로 그를 맞았다.

"네?"

"아니, 표정이 왜 그래요? 잔뜩 상기된 얼굴인데?"

한결 여유로운 표정의 민국현 대통령이었다.

"아뇨. 갑자기 호출하셔서 무슨 일이 있는 건 아닌가 걱정했습니다."

"안 죽어요, 안 죽습니다. 나 이래 봬도 꽤 생명 줄이 긴 사람이에요. 이거 보세요. 손금이 손목까지 뻗어 있지 않습니까?"

민국현 대통령이 자신의 손금을 내보였다.

"아, 네. 그렇군요."

"그래요. 음, 일단 비서실장은 자리 좀 비워 주시겠습니까? 내가 우리 김 교수랑 할 얘기가 좀 있는데."

"네, 알겠습니다."

민국현 대통령이 손짓하자, 비서실장이 자리를 비웠다.

"나 김 교수가 하라는 대로 하기로 했습니다."

"네? 정말 결정하신 겁니까?"

"그렇소. 이 모진 생명 줄을 조금이라도 움켜쥐려면 그 방법밖에 없다더군요. 우리 주치의 선생님께서요. 그거 맞는 거죠?"

"네, 그렇습니다. 적어도 제 판단으로는 그렇습니다."

"그래요. 그래서 내가 김 교수를 전적으로 믿기로 했어요. 나 정말 김 교수 믿어도 되는 거죠?"

네! 그렇습니다, 대통령님! 지금 이 방법이 대통령님의 건강을 되찾기 위한 유일한 방법입니다.

"저를 믿지 마시고, 대통령님을 믿으십시오. 무엇보다 대통령님의 의지가 중요하십니다."

"허허허, 이런 식으로 살짝 빠져나가시려는 겁니까? 내가 제법 눈치가 빠른 사람이에요?"

"아닙니다. 진심으로 말씀드리는 겁니다. 아무리 완벽한 치료법이 있다 하더라도, 환자 본인이 자신을 믿지 않으면 아무런 효과가 없습니다. 그러니 대통령님 자신을 믿으십시오. 그러면 제가 돕겠습니다."

"좋아요! 내가 아직 할 일이 많은 사람이에요. 사랑하는 우리 국민들을 놔두고 이렇게 일찍 갈 순 없죠. 어떻게든 한 번 살아 볼랍니다."

"네, 잘 생각하셨습니다."

"그러면 내가 미국으로 건너가야 하는 건가요?"

"그건, 비서실장님과 상의해 보도록 하겠습니다. 일단 미국 쪽에선 이기석 교수님이 만반의 준비를 하고 계십니다."

"그래요. 그러면 내가 김 교수한테 부탁 하나만 해도 되겠습니까?"

"말씀하십시오."

"만약에 내가 멀쩡한 몸으로 다시 돌아오면, 내 임기가 끝날 때까지 김 교수가 내 비루한 몸뚱어리 좀 맡아 줘요."

"네? 저보고 주치의 자리를 맡아 달라는 건가요?"

"그렇소. 한번 맡았으면 끝까지 책임을 져야지, 중간에 나 몰라라 하면 되겠소? 만약에 내 제안을 받아들이지 않는다면 나도 미국 가는 건 좀 더 생각해 보겠소."

"하하하, 제가 이 좋은 기회를 마다할 거라 생각하셨던 겁니까? 대통령 주치의를 아무나 하나요? 당연히 해야죠. 그렇지 않아도, 대통령님 살려 드린 대가로 그 정도 요구는 해도 되지 않나 싶었습니다."

"그렇습니까? 내가 괜한 걱정을 했나 봅니다그려."

민국현 대통령이 환한 얼굴로 김윤찬의 손을 움켜쥐며 말했다.

"물론이죠. 저 말고 그 누가 대통령님을 보좌하겠습니까?"

"하하하, 시원시원해서 좋군요! 김 교수가 옆에 있으니 마음이 든든합니다. 역시, 김 할망구가 사람 보는 안목은 탁월하다니까?"

"어, 저희 어머니를 아십니까?"

"그럼, 그럼. 대한민국 여의도 판에 들어와 있는 사람 중에 그 할망구 모르는 사람 있답디까? 그분이 그럽디다. 군소리하지 말고 김 교수 말 들으라고. 그러면 자다가도 떡이 떨어진다고 합디다."

"아, 그러셨군요."

"그래요. 내가 지금까지 그분 말이 틀린 적을 단 한 번도 본 적이 없어요. 물론 그렇다고 해서 이렇게 선뜻 결정한 건 아니지만요. 아무튼 한국에 돌아오면 내 주치의 해 주는 거, 약속한 겁니다?"

"네, 물론입니다. 조심히 잘 다녀오십시오. 모든 절차는 이기석 교수님이 수행해 주실 겁니다."

"알았어요. 내 건강한 모습으로 다시 돌아오리다. 그때는 이 소독약 냄새 나는 병실 말고, 돼지갈빗집에서 소주나 한잔합시다."

"네, 그렇지 않아도 맛집 몇 군데 알고 있는 곳이 있습니다. 돌아오시면 제가 모시지요. 주치의 턱은 내야 하지 않겠습니까?"

"껄껄, 좋아요! 그렇지 않아도 마누라가 생활비 부족하다고 난리던데, 돈 굳었습니다그려."

그렇게 민국현 대통령이 장고 끝에 김윤찬의 제안을 흔쾌히 받아들이며, 미국행을 결심했다.

열흘 후, 김윤찬 교수 연구실.

"이기석 교수한테는 연락이 왔나? 이거 조바심이 나서 견딜 수가 있어야지!"

고함 교수가 상기된 표정으로 발을 동동 굴렀다.

"아뇨. 모든 임상 과정은 비밀리에 진행되는 걸로 알고 있습니다. 게다가 VIP께서 연관된 일이니, 특히 조심하는 게 맞는 거겠죠."

"그렇긴 한데, 불안해서 잠을 잘 수가 있어야지 말이야. 문제없이 잘 진행되고 있는 거겠지?"

"네, 이기석 교수님을 믿으시면 될 것 같습니다. 천하의 이기석 교수님이십니다. 실수가 있겠습니까?"

"그래. 이기석 교수는 물론 믿는다만, VIP를 믿을 수 있어야지. 가뜩이나 요즘 언론에서 이상한 보도가 흘러나오고 있으니 말이야."

"신경 쓰지 마십시오. 대통령님은 건강한 모습으로 돌아오실 겁니다."

"당연히 그래야지. 대통령께서 아직 일을 놓기에는 우리

나라가 너무 불안해. 꼭, 완쾌되셔서 돌아오셔야 해."

고함 교수가 입을 굳게 다물었다.

"네, 그러실 겁니다."

"근데 윤찬아! 내가 진짜 노파심에 물어보는데, 이번 임상 결과가 좋게 나오겠지? ATTR-CM 이게 그렇게 만만한 게 아니잖니?"

여전히 불안감을 떨칠 수 없는 고함 교수였다.

"네. 걱정 마세요. 제가 알고 있는 한, 반드시 좋은 성과가 있을 겁니다!"

"하아, 심장은 물론 간까지 손상이 심한 상태인데, 그게 약으로 해결이 될지……. 심히 걱정되는구나."

"간은 국내에 들어오시면 최종욱 교수님이 다시 봐 드려야 할 겁니다. 다만 심장만큼은 저와 이기석 교수님을 믿으셔도 돼요. 제가 누굽니까? 천하의 고함 교수님 수제자 아닙니까?"

"그, 그래. 어디서 나오는 자신감인지는 모르겠다만, 그래도 네가 이렇게 자신 있어 보이니까 조금 안심이 되긴 하는구나. 아무튼, 이기석 교수한테 연락이 오거든 바로 나한테 연락해 줘라. 알겠니?"

"그럼요. 바로 연락드릴 테니, 너무 걱정하지 마십시오, 교수님!"

"하아, 걱정을 안 하려야 안 할 수가 있어야지. 아주 요즘

잠이 안 와서 죽겠다. 아무튼 난 너만 믿는다. 알았지?"

"네, 얼른 퇴근하셔서 쉬십시오."

"알았다, 그럼 수고해."

♥

윤미순 이사장실.

고함 교수가 걱정하는 방향과는 전혀 다른 방향으로 걱정이 많은 윤미순 이사장이었다. 그녀가 조병천 원장을 자신의 집무실로 호출했다.

"돌아가는 판세가 어떻습니까?"

초조한 듯, 윤미순의 표정이 밝지 않았다.

"하아, 아직까진 처남이 유리한 고지를 점하고 있는 것 같습니다. 한상훈을 조기에 쳐 내고, 우리 병원의 청사진을 제시한 것이 교수들한테 상당한 호응을 얻고 있어요."

"누가 그걸 모른답디까? 그러니까 구체적인 판세가 어떻게 형성되고 있냐고 묻잖아요?"

조병천 원장의 말에 히스테릭한 반응을 보이는 윤미순이었다.

"네. 정확한 건 뚜껑을 열어 봐야 알겠지만, 지금까지 나온 상황으로 볼 땐, 처남이 6, 김윤찬 교수가 4 정도로, 처남이 우세한 형국입니다."

"뭐예욧! 그걸 지금 말이라고 합니까? 판세가 유리해도 실제 투표에선 어떻게 될지 모르는 판국에, 지금 불리하다는 건가요?"

"네, 그렇습니다. 제가 자체적으로 조사해 본 결과로는 그렇습니다."

"후우, 정말 미치겠군요. 그런데도 김윤찬 교수는 저리 천하태평입니까? 각개격파를 하든, 뭔가 혁신안을 내놓든 해야 하는 것 아닙니까? 나만 지금 이렇게 초조한 거예요?"

윤미순이 노발대발하며 소리를 질렀다.

"그러게 말입니다. 이제 선거가 며칠 안 남았는데, 너무 움직이질 않아요."

난감한 표정의 조병천 원장의 목소리가 점점 기어들어 갔다.

"그래서 지금 김윤찬 교수는 뭐 하고 있답니까?"

"네. 평소처럼 환자 보고, 수술 스케줄이 있으면 소화하는 정도입니다."

"그 밑의 사람들은요? 아니, 고함 교수는 그냥 강 건너 불구경입니까?"

점점 목소리 톤이 높아지는 윤미순 원장이었다.

"네, 딱히 뭔가 움직이지는 않는 것 같습니다. 다들 무슨 생각인 건지……."

"아이고, 속이 타는군요. 지금 당장 김윤찬 교수 오라고 하세요! 빨리요!"

윤미순 이사장이 턱짓으로 전화를 가리키며 신경질적인 태도를 보였다.

"네, 알겠습니다. 바로 연락해 보겠습니다."

띠띠띠띠.

윤미순 이사장의 성화에 조병천 원장이 급히 김윤찬에게 전화를 걸었다.

잠시 후.

조병천 원장의 연락을 받은 김윤찬이 윤미순 이사장실로 왔다.

"대체 무슨 생각이신 겁니까, 김윤찬 교수?"

김윤찬이 안으로 들어오자, 윤미순 이사장이 그를 향해 냉소적인 시선을 흘뿌렸다.

"뭘 말씀하시는 겁니까?"

"아니, 그걸 몰라서 물어요? 지금 원내 돌아가는 꼴이 어떻게 되고 있는지 모릅니까? 지금 윤장현 부원장한테 모든 것을 뺏기게 된 상황이에요! 그렇게 한가하게 환자나 보고 있을 때가 아니란 말입니다."

"그러면 제 환자들을 신경 쓰지 말라는 말입니까?"

"아니, 아니. 그게 아니라 이택진 교수도 있고, 고함 교수도 있잖습니까? 왜 지금처럼 중요한 시기에 김윤찬 교수가 모든 환자를 다 신경 쓰는 겁니까? 선거 안 치를 생각이에요? 아니, 이미 포기한 겁니까?"

"제주, 심지어 일본이나 중국에서 저 하나 보겠다고 찾아온 환자들을 내팽개치라는 건가요? 그깟 원장 자리 하나 때문에?"

속이 타들어 가는 윤미순에 비해, 김윤찬의 태도는 여유로웠다.

"그깟 원장이요? 지금 그걸 말이라고 하는 겁니까? 당신한테는 그깟 원장 자리인지 모르지만, 나한테는 일생일대의 도전이란 말입니다! 어떻게든 그 자리를 반드시 김윤찬 교수가 차지해야 한단 말이에요. 내 말이 무슨 말인지 아시겠습니까?"

"네. 그러니까 조금만 기다려 주십시오. '바늘허리에 실 매어 쓰랴'라는 말도 있지 않습니까? 걱정 마세요. 이번 병원장 선거……. 제가 반드시 이깁니다, 이사장님!"

"하아, 그래그래. 그렇게 자신하는 건 좋은데, 뭔가 근거가 있어야 하는 것 아닙니까? 지금 판세는 전적으로 윤장현한테 유리하게 돌아가고 있어요! 뭔가 한 방이 나와 주지 않는다면……."

"그 한 방, 곧 나올 겁니다."

"그래요? 확실합니까?"

"그렇습니다. 그러니 너무 걱정 마십시오."

"그래요, 좋아요! 그렇지만 그 한 방이 대체 언제 나온다는 겁니까? 이제 내일모래면 원장 선거입니다! 무슨 한 방인지는 모르겠지만, 그거 늦게 나오면 아무짝에도 쓸모없단 말이에요!"

윤미순이 애가 닳는지 목소리가 갈라져 나왔다.

"곧입니다, 곧!"

긴장한 윤미순 이사장에 반해, 한결 여유 만만한 김윤찬의 표정이었다.

♥

대통령 대국민 특별 담화 방송.

["사랑하는 국민 여러분! 저는 대한민국의 대통령 민국현입니다. 지금부터 사랑하는 국민 여러분께 드릴 말씀이 있습니다."]

이렇게 시작된 민국현 대통령의 대국민 담화문.

ATTR-CM이라는 불치에 가까운 유전적 심장병을 앓고 있는 본인이 김윤찬, 이기석 교수의 도움으로 치료를 받아 건강을 회복하게 되었다는 뜻밖의 깜짝 뉴스였다.

["제가 비록 미국에서 치료를 받고 왔지만, 이 모든 성과는 연희대병

원 흉부외과 김윤찬 교수와 존스홉킨스의 이기석 교수의 힘이라고 생각합니다. 대한민국의 의료 수준이 이토록 발전했다는 데, 무한한 자긍심을 느낍니다! 이번 일을 계기로 대한민국을 의료 강국으로 성장시키고자 하는 목표가 뚜렷해졌으며, 각종 불치병, 난치병으로 고생하시는 국민들을 위해서라도 정부에서도 적극적인 투자를 하겠다는 다짐을 하게 되었습니다! 대한민국의 뛰어난 의학 기술에 탄복하며, 다시 한번 김윤찬, 이기석 교수님을 비롯한 대한민국의 의료진께 찬사를 보냅니다."]

예정에 없던 민국현 대통령의 특별 담화문 발표는 엄청난 파장을 몰고 왔다.

대통령 본인이 불치병에 걸렸다가 극적으로 회복했다는 이야기도 엄청난데, 그 모든 과정을 김윤찬과 이기석 교수가 진행해 왔다는 것 또한 이슈 오브 이슈였다.

모든 국민의 눈과 귀는 민국현 대통령의 회복 소식과 함께 김윤찬에게 쏠려 있었다.

–대통령이 그렇게 심각한 병을 앓고 있었단 말이야? 나는 전혀 몰랐네?

–그것보다 서운대에서도 포기했는데, 연희대 김윤찬 교수가 살려 냈다고 하던데?

–정말? 이번에 그 뭐냐, ATTR-CM 치료제를 만든 것도 김윤찬 교수하고 이기석 교수래. 존스홉킨스에서도 두 사람

한테 백지수표를 내밀었다고 하던데?

−와! 대단하다! 솔직히 나 같으면 언감생심, 치료하겠다고 나서지 못했을 거야. 대통령인데 혹시라도 잘못되면 어떡해?? 서운대에서도 포기했다잖아?

−그러게 말이야. 이제 앞으로 심장병은 아닥하고 연희병원으로 가야겠네?

−이미 늦었어. 소문 다 퍼져서 김윤찬 교수한테 진료받으려면 3년은 기다려야 한다던데? 아주 업무 마비 수준이래.

−뭐 이렇게 되면 대통령의 주치의는 김윤찬 교수가 되겠지?

−당연하지. 주치의뿐이겠어? 자기 생명의 은인인데, 간이든 쓸개든 다 빼 줘도 아깝지 않을걸?

민국현 대통령의 담화 방송이 전파를 타자, 제일 먼저 언론의 주목을 받은 사람은 김윤찬과 이기석 교수였다.

두 사람의 관계, 인연, 그리고 존스홉킨스에서의 생활 등을 다룬 기사들이 셀 수 없이 쏟아졌다.

주요 포털 사이트의 검색 순위 1, 2위를 점령한 것은 물론, 연희병원에서 치료를 받겠다는 환자들이 물밀듯이 쏟아져 업무가 마비될 상황이었다.

자고 일어나 보니 스타였다는 말처럼, 김윤찬을 취재하고자 하는 언론사 기자들이 몰려들어 연희병원은 북새통을 이

뤘다.

　윤미순 이사장실.
　그렇게 모든 상황이 급변하게 되자, 이 엄청난 이슈는 연희병원 병원장 선거에도 직간접적으로 영향을 미칠 수밖에 없었다.
　"호호호호호!"
　끊임없이 터져 나오는 윤미순 이사장의 웃음소리가 이사장실을 가득 메우고도 남았다.
　"그렇게 좋으십니까?"
　"당연하죠! 좀 전에 회의할 때 장현이 표정 봤어요? 완전 얼굴이 썩었던데?"
　세상 모든 것을 가진 듯한 윤미순 이사장의 표정이었다.
　"그러게 말입니다. 차마 사퇴한다는 소린 못 하겠던지, 아주 풀이 팍 죽어 있던데요?"
　"당연하죠. 승부는 이미 갈렸어요. 얼마나 큰 표 차이로 이기느냐가 문제지. 아무튼, 그래도 혹시 모르니까 당신은 끝까지 표 단속 하는 거 잊지 말아요. 알았어요?"
　"네네, 알겠습니다. 끝까지 긴장의 끈을 놓지 않을게요. 그나저나 여보! 나 궁금한 게 하나 있는데, 물어봐도 됩니까?"

"호호호, 두 개 물어봐도 돼요. 오늘은 기분이 날아갈 것 같으니까."

"네네, 당신은 김윤찬 교수를 믿어요? 지금 돌아가는 판을 보면, 김윤찬 교수가 단순히 원장 자리에 만족할 것 같지 않은데 말이죠? 이미 대통령 주치의 자리까지 맡아 놓은 당상이라던데……."

"당연히 가만있지 않겠죠. 내가 김 교수라도 원장 자리에 만족하지 않을 겁니다."

"음, 그렇다면 김윤찬 교수가 원장 자리에 앉는 건, 향후 잠재적인 위험이 되지 않겠습니까?"

"후후후, 그건 크게 문제 되지는 않을 것 같은데요?"

"왜 그렇게 생각하시는지 여쭤봐도 될까요?"

"음, 장현이는 권력과 돈을 좇는 사람이고, 김 교수는 그 것들이 따라오게 만드는 사람이니까요. 그래서 난 걱정을 안한답니다. 장현이와 김윤찬은 그 목표의 지향점이 달라요. 그래서 전 김윤찬이를 믿는 겁니다. 우린 서로 원하는 것이 다르니까, 굳이 싸울 필요가 없는 거죠. 난, 앞으로 김윤찬 교수가 원하는 건 뭐든 들어줄 생각이에요. 그것이 내가 살수 있는 유일한 방법이죠."

"아……. 뭔가 알 것 같기도 하고, 모를 것 같기도 하네요."

"호호호, 굳이 알려고 하실 필요 없어요. 당신은 앞으로 물심양면 김윤찬 교수를 보필하면 되는 거예요."

"네, 알겠습니다."

♥

다음 날, 연희병원 대강당.

"지금부터 투표 결과를 발표하도록 하겠습니다!"

여느 원장 선거 때보다 관심이 드높았던 이번 선거. 마침내 연희병원을 책임질 원장이 발표되는 순간이었다. 대강당에 모인 수많은 교수가 긴장된 표정으로 사회자의 입을 주시했다.

"자! 저도 긴장되는 순간이군요. 그럼 투표 결과를 발표하겠습니다."

사회자가 잠시 뜸을 들인 후, 마침내 마이크를 집어 들었다.

"총 유효 투표수 167표 중 김윤찬 후보가 총 148표를 득표해 제13대 연희병원 병원장에 당선되었음을 선포합니다!"

와! 와!

"이거 완전 압도적이잖아?"

"그러게 말이야? 어느 정도 표 차이가 벌어질 거란 생각은 했는데, 이 정도일 줄은 꿈에도 몰랐어. 진짜 압도적인 승리네?"

"와, 이게 되네. 초반엔 이게 되는 싸움인가 싶더니만, 이렇게 역전이 되나? 결국 다윗이 골리앗을 잡았어. 진짜 인간 승리다, 김윤찬 교수!"

"이사장님 가족이 선거에 나와서 패배한 게 이번이 처음이지, 아마?"

"맞아. 김윤찬 교수가 유리 천장을 뚫어 버린 첫 케이스야."

"완전 미친 포스네. 결국 이렇게 꿈은 이뤄지는구나."

웅성웅성.

여기저기서 김윤찬에 대한 찬사가 터져 나오며 술렁거렸다.

"김윤찬 교수, 축하합니다."

투표 결과가 나오자, 윤장현 부원장이 제일 먼저 축하 인사를 보냈다.

"감사합니다. 그동안 고생 많으셨습니다, 부원장님!"

"네, 고생 많았지요. 생각보다 김윤찬 교수님 뚝심이 엄청 강하시더군요. 이번 선거의 패배를 인정합니다. 앞으로 우리 연희병원을 위해서 많이 노력해 주십시오."

윤장현 부원장이 손을 내밀어 악수를 청했다.

"네, 최선을 다하도록 하겠습니다. 부원장님도 옆에서 많이 도와주십시오. 부원장님의 해박한 지식과 노하우가 절실히 필요합니다."

"그런가요? 그런데 어쩌죠? 제 노하우와 지식을 김 교수님께 나눠 드리고 싶은 생각은 딱히 없는데?"

"네?"

"하하하, 농담입니다. 네네, 저도 물심양면으로 교수님을 돕도록 하겠습니다. 앞으로 열심히 노력해 봅시다."

"네. 많이 배울 테니, 지도 편달 부탁드립니다."

그렇게 치열하게 다퉜던 두 사람은 이번 임기가 끝나는 4년 후를 기약하며 악수를 나눴다.

이렇게 김윤찬은 연희병원 수장으로서의 첫걸음을 내디뎠다.

김윤찬 교수 연구실.

고함 교수를 비롯해 이택진, 장영은, 진순남이 모두 모여 김윤찬의 원장 당선을 축하했다.

"장하다! 정말 장해!"

고함 교수가 제일 먼저 달려와 김윤찬의 양팔을 끌어당겨 포옹했다.

"감사합니다! 앞으로 더욱더 열심히 노력하도록 하겠습니다."

"그래그래. 내가 살아생전에 이런 날을 다 보는구나. 그 언제냐, 네놈이 블라인드로 심낭천자를 했다는 소리를 듣고 미친놈이라고 욕했던 때가 엊그제 같은데 말이야."

어느새 고함 교수의 눈에 눈물이 글썽이고 있었다.

"그러게 말입니다. 완전 개천에서 용 났어요. 이 모든 것은 교수님이 그때 절 거둬 주신 덕분이에요. 그 은혜는 평생 잊지 않겠습니다."

"아니다. 지금까지 너만큼 치열하게 살아온 사람도 드물어. 지금까지 열심히 살아온 대가가 지금이니 맘껏 즐기려무나. 너무 장하다, 내 새끼!"

고함 교수가 사랑스러운 표정으로 김윤찬의 얼굴을 매만졌다.

"네, 고맙습니다."

"교수님! 축하합니다!"

"윤찬아! 축하해!"

이택진을 비롯해 이 자리에 모인 모든 사람이 진심으로 김윤찬의 당선을 축하했다.

❦

며칠 후, 인천공항.

김윤찬이 때마침 미국에서 귀국하는 윤이나를 만나기 위해 인천공항으로 향했다.

"여보, 여기야!"

윤이나의 모습이 보이자 김윤찬이 양손을 들어 흔들었다.

"여보!"

김윤찬을 보자마자 한걸음에 달려와 그의 품에 안기는 윤이나.

"여보! 정말 정말, 축하해."

"고마워. 은채 수술은 잘된 거지?"

"그럼! 우리 은채가 잘 버텨 줬어요. 완치까지는 아니지만, 이제 한국에서 관리만 잘하면 살아가는 데 큰 문제는 없을 거예요!"

윤이나의 표정이 무척 밝아 보였다.

"우리 마누라, 정말 고생 많았네! 진짜 당신이 자랑스럽다."

"누가 할 소릴! 미국에서 당신 병원장에 당선됐다는 소리 듣고 얼마나 기뻤는지, 한숨도 못 잤어요. 우리 남편 진짜 대단하다, 대단해!"

"그러게 말이야. 시골 촌놈이 서울에 올라와서 교수 된 것도 감지덕지인데, 원장 자리까지 오를 줄 누가 알았겠어. 우리 아버지 살아 계셨음, 소 한 마리 잡으셨을 거야."

김윤찬의 만면에도 미소가 가득했다.

"내 말이! 소 한 마리가 아니라 열 마리라도 잡고 싶은 심정이야. 내가 연희병원 원장 사모라니! 생각만 해도 막 신나."

호호호, 윤이나가 함박웃음을 지으며 기뻐했다.

"그렇게 좋아?"

"그럼, 그럼. 내 남편이 대연희병원 원장이다! 이렇게 소리 지르고 싶은 거 억지로 참고 있는 거라고. 아, 맞다! 우리 지후는? 안 데리고 왔어?"

"어. 감기 기운이 좀 있어서 장모님 댁에 그냥 두고 왔어."

"정말? 많이 아파?"

"아니, 괜찮아. 가벼운 감기야."

"히잉, 그랬구나? 우리 아들 보고 싶어 죽는 줄 알았어. 빨리 보러 가자."

"그래. 얼른 모셔다드리겠습니다, 원장 사모님!"

"진짜 원장 사모님 된 거지? 맞지? 자기야, 나 한번 꼬집어 봐 주면 안 돼?"

윤이나가 너스레를 떨며 장난을 쳤다.

지잡대 출신의 나.

어떻게든 김귀남을 꼬셔 동아줄을 잡아 보겠다고 발버둥 쳤던 인턴 시절. 평생의 은인이자 스승인 고함 교수와 이기석 교수를 만났고, 간지석 형님, 김 할머니를 만나 지금 이 자리에까지 올랐다.

하지만 난 지금 이 자리가 끝이 아님을 너무나 잘 알고 있다.

더 높은 곳으로 올라가리라.

그래서, 내가 꿈꿔 왔던 것들을 하나하나 이루리라.

돈이 없어 허무하게 죽어 가는 사람이 없도록 하겠다.
권력이나 힘 따위에 굴복하지 않은 의사가 되겠다.
그 누구보다 뛰어난 의술을 갖춘 최고의 의사가 되리라.
이제 다시 시작하는 거야!
"이나야, 벨트 매!"
김윤찬이 윤이나와 함께 자동차에 올라탔다.
"응! 이제 출발해도 돼, 원장님!"
"큭큭큭, 뭔가 막 간지러운 기분인데? 자, 출발한다?"
부릉부릉, 김윤찬이 시동을 켜고 힘차게 액셀을 밟았다.

만렙 닥터 리턴즈 마칩니다

武人還生

윤신현 신무협 장편소설 무인환생

끝나지 않는 환생의 굴레
이번엔 마지막 여정이 될 수 있을까?

죽으면 새로운 육체로 다시 시작되는 삶!
천하제일인? 무림황제?
무인으로서 할 수 있는 건 다 해 봤건만……

"또야? 또냐고!"
"대체 왜 자꾸 환생하는 거야!"

어떤 삶도 대충 살았던 적은 없다
오로지 나를 위해 살아왔지만
이번엔 다른 이들과 함께 살아가 볼까?

수백 번의 환생 경험치로
절대자의 편안한(?) 무림 생활이 펼쳐진다!

서준백 신무협 장편소설

『빙의검신』의 작가 '서준백'
그가 써 내려가는 진정한 협의 기치!

정파의 거두 태양무신이 목숨을 바쳐 지켜 낸 강호
하지만 그가 남긴 유산들로 인해
무림은 다시금 혼란에 빠지는데……

태양무신의 유산을 완성하는 자,
천하를 오시하리라.

혈란이 종결되고 17년 후,
신의가 사라진 무림 한구석

"……망할 개잡놈들!"

태양무신 천휘성,
산동악가의 장손 악운으로 눈뜨다!

태양무신의 유산을 회수하여
야망에 물든 자들의 시대를 끝장내라!

꿈의 도약, 로크에서 하십시오
(주)로크미디어에서 신인 작가를 모십니다

즐거운 세상, 로크미디어는 꿈을 사랑하고 도전을 두려워하지 않는 작가 분들의 참신한 작품을 기다리고 있습니다. 21세기 장르 문학계를 이끌어 갈 차세대 선두 주자 (주)로크미디어에서 여러분의 나래를 활짝 펴 보시길 바랍니다.

모집 분야 판타지와 무협을 포함한 장르 문학
모집 대상 아마추어 작가, 인터넷 작가
모집 기한 수시 모집
    작품 접수 시 유의 사항
        1. 파일명은 작가명_작품명.hwp형식을 갖춰 주십시오.
        1. 파일에 들어갈 내용은 다음과 같습니다.
            — 성명(필명인 경우 실명을 밝혀 주세요), 연락처, 이메일 주소
            — 제목, 기획 의도
            — A4용지 1장 분량의 등장인물 소개
            — A4용지 2장 분량의 전체 줄거리
            — 본문
        1. 작품이 인터넷에 연재되고 있다면, 게시판명과 사이트의 구체적이고 정확한 주소를 기재해 주십시오.

선택된 작품은 정식 계약 후 출판물로 간행되어 전국 서점에 유통됩니다.
작가 분은 (주)로크미디어의 전폭적인 지원하에 전속 작가로 활동하시게 됩니다.
※ 자세한 내용은 로크미디어 홈페이지(rokmedia.com)를 참조하세요.

(04167)서울시 마포구 마포대로 45 일진빌딩 6층
(주)로크미디어 편집부 신간 기획 담당자 앞
전화 : 02) 3273 - 5135
www.rokmedia.com   이메일 : rokmedia@empas.com